U0629035

青春的荣耀·90后先锋作家二十佳作品精选

高长梅　尹利华◎主编

鸟眺望的地方叫作远方

潘云贵 著

九州出版社 JIUZHOUPRESS｜全国百佳图书出版单位

图书在版编目（CIP）数据

鸟眺望的地方叫作远方 / 潘云贵著. —— 北京：九州出版社，2013.5（2021.7 重印）

（青春的荣耀：90后先锋作家二十佳作品精选 / 高长梅，尹利华主编）

ISBN 978-7-5108-2143-1

Ⅰ.①鸟…　Ⅱ.①潘…　Ⅲ.①中国文学－当代文学－作品综合集　Ⅳ.①I217.2

中国版本图书馆CIP数据核字（2013）第113812号

鸟眺望的地方叫作远方

作　　者	潘云贵　著
出版发行	九州出版社
地　　址	北京市西城区阜外大街甲35 号（100037）
发行电话	（010）68992190/2/3/5/6
网　　址	www.jiuzhoupress.com
电子信箱	jiuzhou@jiuzhoupress.com
印　　刷	北京一鑫印务有限责任公司
开　　本	720 毫米×1000 毫米　16 开
印　　张	10
字　　数	130 千字
版　　次	2013 年6 月第1 版
印　　次	2021 年7 月第8 次印刷
书　　号	ISBN 978-7-5108-2143-1
定　　价	38.00 元

★ 版权所有　　侵权必究 ★

小荷已露尖尖角（代序）

高长梅

长江后浪推前浪，是自然规律，也是文学发展的期待。

80后作家曾风光无限——韩寒、郭敬明、张悦然等大批80后作家已成为中国当代文学的生力军，他们全新的写作方式、独特的语言叙述，受到了青少年读者的追捧。

几年前，随着90后一代的成长，他们在文学上的探索也逐渐进入人们的视野。

2006年，《新课程报·语文导刊》（校园作家版）创办时，我在学校调研，中学生纷纷表示，希望报社多关注90后作者，多培养90后作家。那年年底，我在南昌参加中国小说学会小小说年度排行榜评选时，与学会领导和专家聊起90后作者的事，副会长兼秘书长汤吉夫教授对我说：看现在的小说创作，80后势头很猛，起点也高，正成为我国小说创作的生力军，越来越受到文学评论界的重视。你有阵地，就要多给现在的90后机会，文学的天下必定是属于新一代的。副会长、著名散文家、文学评论家雷达博导，副会长、著名文学评论家李星编审都高兴地表示，今后会逐渐关注这些90后的孩子，还表示可以为他们写评论。2007年年底，中国小说学会在报社召开中国小小说年度排行榜评选会议，几位领导还专门询问90后作者的创作情况。

2009年，著名作家、茅盾文学奖获得者、解放军总后勤部创作室主任周大新到报社指导，听到我们介绍报社非常重视90后作者的培养，而90后作者也正展现他们的文学天分，报社准备出版一套90后作者的作品选时，周主任静下心来仔细翻阅那套书的部分选文，一边看一边赞不绝口，并表示有什么需要他做的他一定尽力。周主任的赞赏让我们备受鼓舞，专门在报上开设了《90先锋》栏目。这个栏目一推出，就受到90后作者、读者的欢迎。

2010年，著名报告文学作家、学者，中国图书奖、五个一工程奖、鲁迅文学奖获得者王宏甲到报社指导，见到报社出版的《青春的记忆·90后校园文学精选》及报上的《90先锋》专栏文章，大为赞赏，并称他们将前程无量。之后不久，我们决定出版《青春的华章·90后校园作家作品精选》。这套书收入18个活跃的90后作者的个人专集，也是90后第一次盛大亮相。曹文轩、雷达等为高璨作序，著名文学评论家李少君、张立群为原筱菲作序，著名评论家胡平为王立衡作序。此外，还有一大批中国作家协会会员如刘建超、蔡楠、宗利华、唐朝晖、陈力娇、陈永林、邢庆杰、袁炳发、唐哲（亦农）、孟翔勇、倪树根、李迎兵、杨克等都热情地为90后作者作序推荐。他们在序中都高度评价了这些90后作者的创作热情、创作成绩。当然也客观地指出了一些值得注意的问题。

90后作者的成长也引起了文学界的重视，他们当中不少人都加入了省级作家协会，尤其是天津的张牧笛还于2010年加入了中国作家协会。他们以自己的灵气、勤奋，正逐渐走向中国文学的前台。

张牧笛、张悉妮、原筱菲、高璨、苏笑嫣、王立衡、李军洋、孟祥宁、厉嘉威、李唐、楼屹、张元、林卓宇、韩雨、辛晓阳、潘云贵、王黎冰、李泽凯等无疑是这一代的代表。这其中我特别欣赏原筱菲。她不仅诗歌、散文等写得棒，美术作品别有特色，摄影作品清新可人。在报刊发表文学作品、美术作品、摄影作品2700多篇（首、件）。还有苏笑嫣。不仅诗歌写得好，小说也受评论家的好评。尤为可贵的是，她完全依靠自己的能力行走文学，却不去借助自己父母的关系走丁点捷径。还有张元。一个西北小子，完全凭自己对文学的执着，硬是趟出自己未来的文学之路。还有韩雨。学科公主，加上文学特长，使得她如鱼得水。

著名文学评论家白烨曾发表文章将40岁以下的青年作家群体细分为"70年代人"、"80后"和"90后"。他评价，90后尚处于文学爱好者的习作阶段。从创作来看，青年作家普遍对重大历史事件有所忽视，对重要的社会问题明显疏离，这使他们的作品在具有生活底气的同时，缺少精神上的大气。不过，在他看来，这些年刚刚崭露头角的90后有着不输于80后的巨大潜力。（转引自《南国都市报》2012年9月18日）

但不管怎样，成长是他们的方向，成长是他们的必然结果。

这次选编这套书，就意在为90后作家的茁壮成长播撒阳光，集中展示90后作家的创作实力。我们相信，只要90后的小作家们能沉下心来，不断丰富自己的阅读以及丰富自己的社会积累，努力提升自己写作的内涵，未来的文学世界必然会有他们矫健的身影和丰硕的成果。

我们期待着，读者也期待着！

如果可以给你重新洗牌的机会，我不愿你是一个写作的人。

你可以活得很快乐，无忧无虑，或者没心没肺，恨过，爱过，只用一首歌或者一次眨眼的时间，不用像现在，偶尔忧伤，时常孤独，绝大部分时间沉默。

我宁愿你去旅行，去散步，去逛街，去和同龄的男孩一起打 dota，或者简简单单地看书，安安静静地在角落发呆，认认真真和某个自认为自己是"全宇宙超级天才"的同学讨论一道关于"鸡和鸡蛋到底先有哪个"的无聊问题。

我宁愿你去海边游泳，去捡贝壳，去栽种没有刺的花草在自己的院子里，或者听周杰伦早期咬字不清的歌曲，看周星驰永远表情夸张的电影。

这些都比写文字来得有趣、幸福。

而你一直是个固执的家伙，你的固执往往都是一声不吭做着自己喜欢的事情，连疼你的家人、师友有时都拿你没辙。

所以，我知道，如果真有这样一次重新选择的机会，你还会选择写作，没有一丝犹豫、内心异常笃定地去选择。我记得在十三岁之前你活得就像一瓶纯净水，连标签都没有，一切都很透明。思想简单，每天就记得做功课，看柯南或者比卡丘，对着满天星光寻找自己的那颗星，小脑袋像石榴一样在风中轻轻地摇晃，对世事怀抱最美的幻想，活得就像一个童话。

春天的百合，夏天的萤火虫，秋天的雁子，冬天的凌霄花，你那时的四季清晰、明朗，小小的平头，瘦瘦的身体，没有很潮的衣服，没有很烦的爱情，很天真，很平凡，很可爱。

十三岁之后，你上了初中，每天身体都像果实一样膨胀，曾经觉得离自己还很遥远的青春期没想到就这么突然到来，没有一点防备，懵懵懂懂中一切都在成长。女孩变得很喜欢和男孩吵架，男孩会觉得女孩成了世界上奇怪的生物，他们打打闹闹，哭哭笑笑，有时偷偷牵手，有时又规避彼此。你成为他们的忠实观众，看着他们在自己面前上演一幕幕偶像剧里的情节。你的朋友大多加入其中，你开始变得孤单。

十四岁，你肯定想不到自己随手写下的两篇影评竟然开启了你此后与文字相伴的时光，仿佛身体里的一个开关被人摁响，你似乎迷上了文字带来的快乐。我清楚记得那天一个男孩站在楼道里和你说："知道为什么你写的会获奖吗？那是因为我没参加。下次你就没这么好运啦！"那嚣张的嘴角，到现在你一定都能记住吧，你当时忍住心里的不快，只是冷冷地看了那个男孩一眼，随即走掉。之后，你都一直"好运"，蝉联着学校征文比赛的一等奖，直到初中毕业都没有让那个男孩超过你。

十七岁，你坐在高中的课堂里，整天像机器人一样上课，屁股坐到麻木，手指写到抽筋，最讨厌上的是数学课，那个说话尖酸刻薄的数学老师老拿你的成绩开玩笑，每次你都会用书本挡在额头前，无视他的存在。"像你这样只喜欢写东西而偏科严重的学生，能上个三本学校就是奇迹了！"我记得那时这个糟老头就是这么羞辱你的。你当时很生气，鼓着腮帮，私底下紧握拳头："拒绝这么小看人的，不就三本吗，我要考个二本以上的学校给你看看！"后来,你算是创造了"奇迹",高考分数超出了二本线十几分,来到了现在中国最东边的大学。

如果没记错,你第一次的喜欢是在十八岁,对象是你高中的第一个同桌。高一时,因为报名迟到的缘故,你和她都没有分到合适的座位,结果坐到了一起。她总是拿你的数理化成绩开涮,又总爱模仿你的腔调说话,你开始异常讨厌这样的生物,觉得她的存在真是自己的一场磨难。随后高二分科,你去了美女众多的文科班,她去了天才众多的理科班。有天你竟然发现自己也会想她,不断打探她的消息,去她的班上假装等别人,听同学聊起她和谁的绯闻,之后干脆匿名发短信联系她,约她出来。在学校附近的小湖边,你愣愣地看着她,结巴的嘴里半天说不出一句陈述句,哪怕只是三个字或者四个字的简单句。是她先开口:"为什么约我出来？难道你对我……有感觉？"你傻傻地没有反应。她甩头冷笑了一声,随后走掉。那时你不知道这种感觉就是喜欢。多年以后,当我看到你多次写起那时的记忆,才知道你总是难以忘怀那样疯狂又无知的年少。

很美好吧,又带着略微的忧伤,可惜,我们都已经回不去了。

十九岁,你在遥远的北方城市读书,你突然说你很想念南方的海。

在夜里,你把窗外火车驶过的轰鸣当作波涛,把平原上无尽的黑暗当作沉默的潮水,若是有风吹来,你的梦肯定漂浮在大海上。我才知道你终究是个恋家的孩子,你还没有长大。

"我发现自己变了,或者是这个世界变了。"

这一年,你从南往北地奔波,看过从未想过的风景,见过形形色色的人,那些佩戴面具的人,一个个闯入你的生活,你觉得坦诚的自己永远得不到他们坦诚的对待,被欺骗,被玩弄,被忽视,被冷嘲热讽,悲伤时永远只是自己一个人。也是这一年,你开始大量写作,用温暖的笔调去治愈自己已经出现裂隙的内心。你和我说,现在只有文字能够陪伴你了,即便整个人间都冷漠,你也要让自己笔下的世界像开了花的春天,像结了果的秋天一样晴朗,或者带点小小的雨,去让更多遭际相似的读者拥有这个世界的壳。

可是,你的雨水却越下越大,落在心间,逐渐成为一片蓝色的海。

二十岁以后,你恋爱了,丢了自己的初吻。我记得曾经你看法国电影《初吻》时,特别喜欢苏菲玛索,那样一个少女,青涩得像根翠绿色的花梗。你说以后自己的吻也要先给这样的一个女孩,可是后来做到了吗?在七月大连的海边你吻她,把保持了二十年的初吻送给了她。她说,明年一月我们再去厦门看海。你点头,眼睛闪出粼粼的光。可是,后来实现了吗?

像被自己写下的小说骗到一样,她很快就消失在你的故事中。全世界这时都在下雨,雨声淅淅沥沥,你放声哭泣,没有人会知道这些洒落满地的透明液体,会是你的泪。

"你很好,但是,我们不适合。"她离开时,你的耳边听到的这句台词,异常清晰。

"既然不适合,当初怎么说要和我在一起?还说在我选择放手之后你才放手……"可惜,她没有听到,就转身走掉。

比起千疮百孔的人世,一无所知倒像是一种傻傻的运气。

后悔吗?可惜吗?不甘吗?埋怨吗?

"才不会哩,既然都过去了,就让它们过去好了!我不是还有未来吗?"

现在的你,在我看来,确实比曾经单纯到世间罕见可以当作国宝熊猫的你,平和多了,淡然多了,但还是没有达到成熟的阶段。因为,你还需要成长,还需要经历更多的黑暗与白昼。

记得去年,你生日的时候,自己在微博上写着——

"你要简单、温和、努力地生活,放掉一些东西,找回一些东西,去爱,去恨，直至清空所有的孤楚与难过，未来有人会来，你要安静等待。"

未来会有人来，那是谁呢？未来究竟又是什么样的呢？

"时间会告诉我们答案。"你曾经总是笑着在雨天放声哭泣后对我说。

你没忘记高中时特别喜欢的一部电影吧，《蓝色大门》，桂纶镁和陈柏霖主演，那样一种淡蓝色的时光和忧伤，像蓝闪蝶的翅膀一样时常还在你的脑海中煽动。

记得《蓝色大门》里，结尾的独白是——

"于是我似乎看到多年以后，你站在一扇蓝色的大门前，下午三点的阳光，你仍有几颗青春痘，你笑着，我跑向你问你好不好，你点点头。三年五年以后，甚至更久更久以后，我们会变成什么样的大人呢？是体育老师，还是我妈？虽然我闭着眼睛，也看不见自己，但是我却可以看见你。"

潘小贵，我一直都在看着你。

我会陪你等待雨停的时候，在二十五岁之前。

"如果雨一直不停呢？"

"那我就拉起你的手，我们一起跑！"

目 录
CONTENTS

第一辑

橙黄橘绿的孤单

第二辑

消失的蝴蝶斑

目录
CONTENTS

第二辑

光轮下的裂帛

第四辑

站在雨天的屋顶上

第一辑

橙黄橘绿的孤单

风吹过的下雨天

一

雨水没来时，你曾住在我的心上，我们都活在一个年少的瓶中，简单欢喜，默默相爱。

那时未来没有形状，我们也没有真正长大，我只知道在人海中牵住你的手，就不会和你走散，握住你的手心，就能握住那幸福的模样。

二

阳光在我的生命中升起，变成糖果的模样，你的手是叶子，我的手是花瓣。你吻我，在搁放着水晶的唇上。

我闻到每寸空气里都有寂静的香，像淡蓝色的天空进入我敞开的心里，我觉得自己可以飞翔，因为你说你可以做我的翅膀。

三

落雨时，雨滴敲打玻璃窗，忧郁画出你的脸。

你曾把远方指给我看,在忘川深处,在青山之巅,虹光像羽翅般降临。我以为,自己看到了幸福的模样。

生命的微光刹那间变成飞舞的萤火虫,忘记了雨水带来的痛感,一只一只,飞在橄榄树间,飞往夜的黑暗里。

四

我一直躺在你的草叶上,像一滴露,安静地,等风摇曳。

因为你在,时间的湖,流得分外缓慢。

后来,你说我们都要走上熙攘的旅程,你只能送我到这一程,昏黄的落日里云层收走飞鸟的情书,云光,如水。

失去春天的白昼注定寒冷而苍白。

五

在月亮说出对白前,你还是离开了,世界渐渐看不清轮廓。

我从喧嚣的白昼醒来,站在孤独的角落里,让雨水成为自己唯一的退路。

童话里,公主也和我站在同样的沉默里,对我说,她丢了心爱的玩具,她丢了回去的钥匙。

六

花朵把往事逗留在萼片中,隐藏深处的爱如同打湿的伞,发出淅淅沥沥的声响。

我以为,是你走来。

七

回头的瞬间,只是握不住的风代替你说话。

"我们分开,彼此会有一段时间很难过。可是,如果不分开,我们之间会一直难过。"

雨天被一场风吹干之后又来了,我总是那么不争气地想起你。

八

"有没有那么一点点可能,我们还能在一起?"

空中的群鸟飞往远方的海上,流星在回忆里牺牲了自己的眼睛。

我一直在问,你一直没有回答。

你存在我深深的脑海里

一

离出海口已经不远的时候,听见潮汐,心里突然想到了你,脚踝像被钉住一样,我停下来,不敢再往前走。

我知道,我终于还是败给了你,还是像傻子一样执拗地想起你。那些年少的容颜、衣袖被风吹起的日子、街角盛开过的三角梅,都存在我深深的脑海里,盘根交错,沿着记忆的旧址互相攀缘,我的春天变得那么茂盛,又那么荒芜。

你曾在离别的站台和我说,只要我们都能平安地度过2012,明年一月就到厦门去看海。我努力点点头,认真的像个小孩。

然后火车开了,你走了,渐渐变成远处的一个点,永远地消失了。

二

厦门天气很好,阳光很好,云朵很好,每棵树翠绿的叶子在冬天都很好。

但唯一不好的是,人海之中,没人和我拥抱,没人和我牵手,没人和我一起坐在码头边上眺望迷人的鼓浪屿,是我把你丢了,还是时间把我们都丢了?

我从前和你开玩笑的时候,总喜欢说,如果我们有一天分开了,我会先忘记你的声音,再忘记你的样子,最后再忘记你在火车站敏捷爬过栏杆的背影,忘记你在快餐店吃汉堡的表情,忘记你在我掌心许下的誓言。像电影迅速放到结尾,像蒲公英离开了花梗,像斑马逃出了动物园而飞奔向森林一样,我会立即、马上、不留情面、没有一丝犹豫地忘记你。

可是,此刻,我发现自己不行,我还不能忘记你。

三

白鹭在岛上飞起,自由穿梭在云水之间。风中,总会有牡蛎饼和烤鱿鱼的味道混着咸湿的海水味道飘来,好像也有汽笛的声音在远处隐隐约约响起。

如果航程真的不见尽头,我们能够没有缘由地相逢、相爱,再分离,没有眷恋,没有悔恨,幸福得如同陌生人那样,是不是也很快乐?

我见过来来往往的背包客和旅行团,他们的脸上露出的总是微笑,摩肩接踵,也毫无顾忌自己会被谁看穿,他们都是行走的字符,让一座城市变得有故事。

而我知道，这些故事都与我们无关，因为你没有在这里出现过，陪伴在你身边的那个人现在也不是我。

四

在去厦门之前，我在福州的海边陪一个女孩吹风。她唱杰伦新出的《手语》，我发现她始终没有你唱得好听。

女孩是我的朋友，她说她喜欢我，问我喜不喜欢她。我说，我只把她当成一个好姐姐。她有些难过，又强忍着内心的失落对我微笑。福州的海那时不漂亮，夹卷着泥沙的黄色海浪拍击着岩礁，我头顶上有低沉的云朵，天空有点灰。

这是我异常困顿的时光，像被推到一个浪尖上，即刻坠落。没有人知道我内心的苦楚与歉意。

一些事成为不了超市里的商品，一些感觉不会因为对方的数次劝说而改变，一些人终究不会在一起。

五

漫步在鼓浪屿，随处可见苔痕葱绿的古老欧式建筑，人影憧憧，小贩们苍哑的闽南语调充斥在耳鼓中，听不到一丝悠扬的琴声。

广告上说的"钢琴之岛"，原来是骗人的。

世事变得不可言信。可是自己的内心却不曾感到遗憾，因为那些梦中的光点支起了虹桥，架进了现实。我看见在曲折的路旁是寂静的存在，所有的生息都似画中的景致，文艺的气息在每一座僻静的院落间重生。

坐在老旧的藤椅上，阳光被树梢剪碎，轻羽似的落在身上，我突然发觉孤独是那么的美。

在你离开后，我一直活在孤独中。孤独的我对这世界永远不会那么主动。我不会在宴席上敬酒，不会在热闹的人群中张口说话，不会给人端茶送水、扫地擦桌子，看见学校的教导主任，我会远远避开，遇到总是一番赞美之词溢满嘴边的同学，我会低头走开。

我永远都不是主动的人，因为我一直是个沉默的人，让一些人喜欢，让一些人不喜欢。

六

看电影《将爱》的时候，我流过泪。

结尾处，文慧拿起杨峥的手机，听见大海的涛声，杨峥对她说每年自己都会去海边录下大海的声音等她。当杨峥对着大海说，文慧，你听时，伴着 Eason 低沉而动情的《等你爱我》响起，海水涌上了每个被时光蹉跎过的人心中，一切都变得那么念念不忘，又无可挽回。

等我坐在鼓浪屿的沙滩上看远处的大海时，这种内心积累许久的痛感更加让人难受。

爱情真是糟糕的东西，会让我们在习惯了相处时的美妙之后变得那么单薄、脆弱，像枚千疮百孔的叶子，留下时间的蛀痕。

我情愿自己是个一无所知的笨蛋，不懂得爱，也不懂得恨，看待一切都是那么麻木，不痛不痒，多好。

七

有些人，时过境迁之后，会在记忆的截面中模糊淡化，直至自己想不起一丝关于他的线索，而有些人则会变得分外清晰，像烈火烫在胸口的图案，永远不会被人遗忘。

你在我心里，是后者，我在你心里，一定是前者，因为这是你的特色。

你永远不是一个像我这样对待往事还总是舍不得放手的人。决然、冷漠、无情，一直是你骄傲的特色。

我始终，都学不会。

八

潮汐的声响，让我小心翼翼向岸走去。过眼的云烟，在蓝色的深处成为一个浅浅的波纹。

蝴蝶会忘记飞过的沧海，犀牛会忘记夏天的味道，而我却还记得那个冬天的早上，树叶的颜色像哀愁一样。你说，熬过了今年，明年我就带你去看海，去看厦门的海。我点点头，很努力，很认真，像个小孩。

此刻，我从逝去的约定中走来，一个人坐在鼓浪屿柔软的细沙上。

而你，只在我深深的脑海里，成为一条闪着鳞光的鱼，朝着遥远的彼岸游弋。

天使离开很多年

一

在一个人离开后的冬天，摩天轮没有运转，云端异常安详。

冷风混杂在默片里的从前倒灌进嘴间，你嘴角时刻被擦亮的名字，和着白雪散佚在风里。

他的声音渐渐模糊，离去的脚步是那年被雪覆盖的岛屿。

世界寂静无声，冷却成心口一杯冻结的茶。

带着光的，冰冷。

二

城市里，充满节日的气氛。

高挂的彩灯，粉刷一新的巴士，空气中飞扬的面包屑，红色的帽子。

像许多年前你欢迎一个天使的到来。

他那时站在你旁边，礼貌地微笑，滴水的眼神和宝蓝色的天空连成一片，一直延伸到地平线的尽头。

你忘记街上的孩子为什么那么快乐，忘记圣诞老人有没有爬进烟囱。

世界只是一张关于他的，瓷白的脸。

三

很久以来逼迫自己忘掉的忧伤，像濒临窒息的鱼突然间又潜入汪洋。

你痛恨自己一厢情愿堆起的雪人，在温暖的光线下融化。

他说，要去远方，去一个你永远找不到的地方。

"说好的冬天相爱春天旅行呢？"

"说好的在我放手后你才放手呢？"

世界关上星火的闸门，骨感的未来走丢于时间的原野。

四

欢庆的烟火在午夜燃放，戴红帽子的人们拿着礼物恣情微笑。

我们之间横亘着绵长的荧光星河，那是自己始终无法放手的从前，疏离又缥缈，却又渐渐清晰。

你知道，美梦终于会醒来，快乐只是一道不说话的影子。

颤抖中握不住的冬天，就像天使离开了很多年。

你一个人寂寞、孤单，没有底线……

夏之进行曲

一

教室的窗外是油绿的大树，树叶在风中招摇，像极了自己许久没有剪过的头发。

阳光在玻璃窗上晃动，一点一点抖落下来，砸在眼睛里，有微微的痛。

环顾四周，教室里的空气和家里的厨房一样不流通，沉闷得让人想打哈。一张张低头的脸面无表情地盯着机械的公式和扭屁股的 ABCD，然后笔头发出打字机的声音。电风扇垂挂在头顶，像飞机前面拼了命旋转的螺旋桨，它却找不到机身和机翼、辽阔的天空与未来。邻桌是一个喜欢不时就搔搔自己油腻长发的女生,戴圆形眼镜,神色呆滞,嘴角还带着喝完绿茶后没擦洗干净的水渍。

高三空洞得就像广播里每天都要传出的校歌,曾经设想过的汹涌大潮,终究没有那么猛烈地刮过我们的身体。

这样的夏天,沉浸在白衬衫渗出的汗迹里和发懵的视网膜中,脑子常常处在一种真空的状态,如同缺氧的鱼群,在煎熬中逐渐安静。

我们的世界仿佛在一座眩晕的宫殿中睡去,凝成一条条月白色的河流。

二

学校的下午上课时间调到了三点,炽热的光线中人群都是涣散的蚂蚁,走在马路上,都像顷刻间就要被煮熟的鲜肉。

电线杆上的麻雀永远都是那么几只,扑扇着翅膀,在光和影子间挣扎。

依旧会有一个个骑着单车、背着繁重书包的身影,耷拉的脸庞,不断流汗的额头和手臂,偶尔嘴里啃着一根冰棒,留长的刘海在风中飘动。

天空是糜烂的日光,受苦的世界没有真正的耶稣。

课堂如同夏日的云端,迷糊里除了熟睡常常找不到更好的方式来抵抗粉笔与黑板擦出的冗长声响。屈原在汨罗江畔忧国忧民地行吟《离骚》;朱自清一会儿含泪说着父亲的背影,一会儿又在荷塘边郁闷地赏着月影;政治大题里"体现了科学发展观"、"有利于建设和谐社会"等语句出现的频率很高;而地理课本里的经纬、洋流、地震带则绑架了一堆脑细胞。任课老师是经年不变的腔调,"现在对你们来说,没有什么比高考更重要了……""翻开练习册的第 63 页……""这道题大家都要注意一下……"

值得注意的时光,在渐次失聪的耳朵里,却越来越注意不到。

晚自习的时间不断延长，像刺进身体的针尖，那些隐藏在内心的疼痛如同岁月中看不到底部的沟壑，不断加深。我们是站在悬崖上吹风的花瓣，带着即刻凋谢的表情却沉默地一言不发。

当然那些被树枝豢养的飞虫是自在的，夜里耐不住寂寞，嗡嗡着飞到四层，不断朝着玻璃撞击，有瓢虫、飞蛾、长翅膀的巨型蚂蚁和蚊子，一遍一遍地撞击，却始终看不到透明的玻璃，那么像没有头绪和不见前途的我们。

失眠的队伍在宿舍熄灯之后变得越来越庞大，一个又一个孤独中的狂欢，常常让人忘记了黑夜和白天又有多少区别。白天打瞌睡夜晚却来了精神的男生，抱着数学书一直撑到充电的 LED 灯最后一丝光也用完的女生，每天不停跑上楼来催促我们睡觉的"女巫"管理员，絮絮叨叨没完没了的对话，终于无法忍受后冲动甩下的脸盆和玻璃瓶，掉在车篷上又迅速滑落，晃晃当当，噼噼啪啪，青春的大雨尖利而响彻。

可是那么清楚地感觉到这些发自体腔的剧烈声响，和从前的自己那么不一样，和未来的自己那么的遥远，时间是一个隐身的易容师，什么时候把我们改变的那么认不出自己了？

三

我们都在老唱片吱呀旋转出的曲子里和自己较劲，那么努力地想唱出一节尖锐的音，试图扯碎暗夜的沉寂，让世界听听少年真正的发声。

坚持撑起自己的脸颊，努力安抚心内暴动的洪流、急躁的雷雨、无法休止的孤独与绝望，使劲认同大人说过的话、安排的道路、电话里的关爱、成绩报告单上的指指点点。但却那么劳累，头昏脑涨地来到班级，挥汗如雨地赶着做题，饥肠辘辘地排队吃饭，背着越来越空的壳，不知道自己离发光的葡萄藤、蔚蓝的天边还有多少距离。

这个世界明明这么小，我们却在这首夏日的短歌上越走越长，担心、忧虑、寂寞、哀愁……来路不明的词汇一次次占据了稀薄的云层，不断积压，不断下沉，我们是一群从云端瞬间降下的孩子，面对落地的疼痛，身上却没有长出翅膀。

从没想过自己能熬过几次这样的夏天，一次，两次，还是接近毁灭的三次？

"有没有人可以听到我的声音？"

"有没有人可以看见我？"

"喂，有人吗？"

那些从聒噪的蝉翼上吹来的声响，在寂静的时光中变成海螺一样的形状，我们的海，是永远看不到的明天，只是这些回声，时时涤荡而来，提醒着自己的脆弱与惶恐，像在惧怕什么。

可是，是不是一切都会有结局，一切都会有入海的港湾和隐隐约约的彼岸？

四

六月的那场暴雨过后，草木翠绿得如同染过一样，叶尖的一颗颗露水滴落，教学楼像重新洗过一遍，少年们总是和开满花的树合照，不笑也不悲伤，只是笔挺地站在那里，用从容的方式告别着从前稚嫩的岁月。

你拥有你的，我拥有我的，盛开。

我开始我的，你开始你的，离开。

一切都是美好的模样，宛若完好的瓷器未曾出现过裂纹与缺口。

无法想象，度过了那段时光以后，自己竟然习惯了流泪后的笃定，习惯了咬着笔帽不肯放下后的坚持，习惯了深夜绕着红色跑道疯跑几圈后的展望，习惯了享受苦难后的幸福，也爱上了这场发昏的梦，这扇斑驳的窗户，这个十恶不赦的夏末。

记得下课后，穿过二楼的走廊要去找一个人，走廊上有相互追打的男生。

记得迎面走来很多剪着沈佳宜一样头发的女生，有长得很寂寞的一个人站在窗前眺望。

记得有女生无意或故意撞到自己，看一眼她们，却不知道她们为什么笑得那么开心。

于是所有破损的曲调一下子都修复过来，唱破的音、走错的调，都那么弥足珍贵地浮现出来。那些短暂的美妙，也从坍塌的废墟中重新屹立起来，像发光的塔尖不断伸向云霄。

五

"你知道当你需要个夏天我会拼了命努力，我知道你会做我的掩护当我是个逃兵，你形容我是这个世界上无与伦比的美丽，我知道你才是这世界上无与伦比的美丽……"

开始甘愿让自己被一首歌所牵扯得满面泪流，让时间反应得迟钝起来。回忆长成一棵树，自己开始盯着那棵树的叶子、躯干、年轮寻找那年夏天的味道。

也从没想过那首短歌有一天竟然可以唱得这么慢，慢到过往成了细节，暴雨变成雨滴，慢到花开得那么从容，阳光渐渐温柔，慢到你忘记了自己什么时候哭过、什么时候抱怨过、什么时候那样卑微地存在过。

五月的立夏，八月的处暑，时光的面庞清净如莲。我们是从莲上飞过的蜻蜓，扑扇着翅膀，在一首盛夏短暂的歌里，成为最后一节明亮的音。

这是年少时热烈歌唱的夏天，这是青春里深深爱过的夏天。

匹诺曹的忧伤

一

三月的天空泼满青釉，瓷般的面孔在清水里摇晃。

风中，你独自面对上个季节的雨水，突然想起那个离别的时刻。

那个总感觉全世界都在欺骗自己的少年，问完最后一个问题后，匆匆跑进那年的大火里。

那个冬天，很多人觉得温暖，你却沉默地咬着自己的指尖。

"他就这样消失了吧，不会再回来了？"

"你还眷念吗？"

"不是的。"

"那又是为了什么？"

二

坐在祖母的阁楼上，年老的花猫突然间对你微笑，你感到自己好羞愧，瞬间低下头来。

没有想过世界会是这样孤单，放在静默的黄昏，曲折的河道，茂密的树林，成群结队的蚂蚁，落在额头的羽毛。

你欺骗过祖母吗？

那年，瞒着她去荷塘采莲子，弄脏裤管和袖口，却说自己在后院摔倒所致。

那年，明明说她的糯米团子好吃，却在几口过后把剩下的它们藏在床底下，结果养肥了那一季不断繁殖的"小强"。

那年，见她的碧玉好看，偷偷到柜中取出，把玩，却不料中间落地，碎成两弯新月，事后她问起，你却怨她记性太差，放哪又忘记了。

风以强迫的方式穿透我们的身体，刺骨的冰凉随着愧疚流淌在身体里面，像蓄势待发的信仰找不到出口。

你抚摸那只猫，它却在风中消失。但那微笑却留了下来，刻在你的心上，像一片透明的湖。

你是坐在湖中央那座忏悔的小岛。

三

很多时候，你想做没有污点的莲。盛开时，有着让整个世界艳羡的光洁与崇高。

多么美的梦，却与你擦身而过。世事沾染中，每个人都只做了污泥。

那些排列在经书里的善，那些开成水上的真，那些等待命名或者不再出没的爱，渐渐开小了自己的花瓣。

透过人心里灰暗的海水，你瞬间看到的闪光，有着生活浓密的根刺，锋利得像刀。一笔一画，画过你清澈的倒影。

不再相信电影里逼真的泪水，不再相信信誓旦旦的爱情，不再相信城市广场上的宣传片，不再相信公交上有真心让座的年轻人，不再相信广告和生活剧。

世界欺骗了你太多，值得信任与托付的真实太少，你想起幼年时的匹诺曹。

有一天，那个变长的鼻子会捅破世纪末的最后一片屋瓦吗？

四

月球巨大清晰，像不会说谎的眼睛。

被光线切割的楼房在靠近地平线的角度中一点点消失，在视线里如同逐渐闭合的门那样关上。

五

世界上存在我们值得信任的镜子吗？

从里面，只会看到谦卑的真实，而不是变形的甲虫、扭曲的面孔。

你认同爱玲说过的话，小孩子的眼睛是末日审判的眼睛，他们总是注意一些大人不注意的事，因为逼近真相，所以显得尤为冷静苛刻。

阳光穿过阴翳的林间，你摊开掌心的纹路，却不知道哪一条是通向那个叫做"过去"的原乡。

孩子，是你再也无法找到的从前。

我们瞳中的污浊如同热水瓶中的银垢，洗也洗不掉了。

六

风声响彻的天台，浮云是被撕裂的锦，飘下来，落入没有节奏的心肺，沉静如海。

匹诺曹的鼻子已经长过了这座城市最高的塔尖。

你在人流中加快前行的脚步，学着善于言辞的本事，伪装坚忍的面庞，左右安插狐疑与不安。继续被骗与欺骗，继续虚伪和隐瞒。在人行道上小心翼翼地走，步步为营地活。

不怕自己的鼻子长到自己都摸不到吗？

七

内心放不下的还是岁月里发光的火车、栀子白的年少、没有杂念一身纯净的男孩。

他和那个爱说谎的匹诺曹分割着这个就要爆炸的星球。

有一瞬间，你是那么执意地要让此刻的自己死在现实里。这样一个开始变成刺猬的身体，这样一个沦为物质奴隶的躯壳，这样一个弹跳在星象、是非、眼色中的小丑，该丢到深海中吧。

又有一瞬间，你偶然间知道世上还有那么一个真实的存在，他单纯、善良，像你转过身的曾经。你跨越年龄的河道，来到他的彼岸，冒充与他同种的草木。每日与他短信来往，用幼稚天真的话语取信于他，探讨学业、生活、情绪与心事。

突然间，你感觉时光都回来了，一切可以重来。

八

谎言的隔壁永远会住着一个看守真相的人。

匹诺曹的鼻子有一天还是会停止生长。

"不是的，他不是我，我自己已经回不去了。他怎么可能是我……"

一觉醒来，你的鼻子停止了生长。

城市是蓝色的，透明的风吹过，那些单纯、美好、瓷般洁白的花瓣盛开了，芳香一阵子扑来，一阵子消散。

九

你相信这是最后一次对人撒谎。

你有你的世界，他有他的生活，每个人都不应该附属谁。

"我们是要说再见了吧？"

"嗯。"

"又为什么哭呢，这些眼泪，是为了怀念我么？"

"不是，是为了怀念成长。"

你的声音落在那年的雨水里，那个叫匹诺曹的少年最后看了你一眼，转身跃入时间的大火里。

那个南方的冬天，一切都将离开与告别，大风过去，往事簌簌落了满地。

透明的罗密欧

一

光线流淌过梦里的衣摆，留下一阵阵肥皂水的味道。

风中翻开的书页，沙沙直响，恍若无数只飞鸟扇动翅膀。

我在熟睡中被一朵花轻轻触碰，柔软的芳香，一定是你为我披上的吧。

二

世界在白昼中声色苏醒,莎翁戏剧的默片,替换成一季又一季青春的流彩。

每天早上都会经过学校的那片湖,深谙世事的水面,沉睡半天苏醒半天。

一直喜欢做片刻的停留,沉默中,总是你陪我看到,湖的眼睛在阳光中闪动,像我们年轻的光阴。

三

走廊安静得如同敞开的伤口,狭长的距离淡化前世和今生的背景。

一个世纪又一个世纪沧丧,而我却听得见你笃定的脚步像要诉说什么。

总是那样不急不缓地先我一步,打开一扇门,跟打开一场遥远的爱情一样。

四

下课之后,依旧是年少喧闹的节日。

永远吹不完的风和永远跑不尽的环形跑道,收藏着太多明亮的呼吸和汗水。

我喜欢在篮球架下,傻傻地站成一棵花树,摇摆着叶子,看球场上奔跑的男孩突然间站定投篮的身影,那么敏捷得像风,那么光亮得像你。

五

故事在这个季节迅速地开花,阳光、露水和瓷白的脸颊低低走过一段很长的路。

我不知如何开口，告诉你，我内心的甜蜜已经多过了四月里的蜜糖。

于是双脚变得雀跃，像黑白琴键上伸长指爪的猫。

你隐身的背后，预告着一个同样没有影子的夏天。

六

没有人知道我为什么快乐，哪怕一个人坐在冰凉的石阶上，也那么幸福地笑着。

青草香气蓬勃，泥土即将播满一抹无声的绿。日月东升西沉，世间枯荣轮回。

而我，多久才能让他们也看到你，清澈的阳光似的你。

七

也想过旅途的日子有你陪伴，跨过山山水水。天和地是苍翠的恋情，苍狗背着白云奔赴一场欢宴。

我携带晴天和一身希冀，在道路中张望，双眼的权限是看到你，不悲不喜、不舍、不弃，在骄阳下为我撑伞的你。

"如果可以，我们就这样出发，前行，一直一直。"

你说完，我肩膀上的尘埃撒落在时间里，满心欢喜，没有方向。

八

习惯一次次闭上双眼，坐在空寂的教室里，等待你从阳光中伸手蒙住我的眼睛。

宇宙星辰瞬间停转，朵朵白花恋情绽放。自己是那么的舍不得你放手。

"可是，我多么希望你不是隐身的啊，这样，就没有人会嘲笑我太孤

单，太傻瓜……"

在喉腔里哽咽的声音，一次次忍受之后，终于脱口而出。

隐身的罗密欧，你却一次次保持沉默。

四月的春风八月的雨，寂寞的青春总藏着一个透明的情人。

雪事

一

离落雪还有一段时日，你就和他谈起，冬天。

到时来看看雪，我会在天桥上等你。一定要来。

俏皮的声音一直都不带有一丝稳重的气息，电话那头有风声吹过。你能感受落叶，操场，一辆自行车在蓝色遮篷下摔倒，他依旧懒懒又羞涩的回答，嗯。

有一瞬间，你对这一个字的答复竟百般迷恋，只因为，它是由那人口中说出。

嗯，会来的。他又重复一下，**懒懒又羞涩**。

可是你知道，这只是客套，或者叫做，虚伪的礼貌。

二

一片叶子在你的目送中,清楚地落下。你甚至能看见它还未触地时的影子,晃动、轻盈,又隐约含蓄。

这种场景向来惹你喜爱,杏树叶可以焦黄成从前看过的夹杂在某人书页里的叶签。往往这些书签是自制的,带圆孔,系着一条细瘦的红绳。

而记忆常又被这线牵引而出,迤逦而来,途经那些喻为十岁、二十岁的路口,逐渐带你回到心的当口。

某年某月某日,那人说你唇红齿白、眼眉轻佻,像只狐狸。

某年某月某日,你读到圣埃克苏佩里的《小王子》,里面有只狐狸手持玫瑰,在等爱。

我是长得像只狐,那你干吗还做书生?

赌气时胸口常撩到这一句,却终因他的不在意而荒废经年,一直到现在,你也没说出口,对他。

其实没说出口的,永远还有四个字:我……喜欢……你。

三

盛大而霓虹的青春,犯错的人,是少有的。

窗子外,人群不多,道旁婆娑的树在十一月已经几近光秃。一朝落完的繁华,终究错过了。

细想一番,也错过了在某个中央广场,和一个人说抱歉。

失败的遇见,找不到推诿的落点。

那人走后,才发现自己无法再向某个人炫耀自己的可爱、软弱、气急败坏,与失魂落魄。

当时为什么不把他留下? 小小的埋怨。

对不起,对不起。

只道当时惘然，时至今日，再多的自省也惹了尘埃。

委屈，从前是留给那个人，现在，留给了你自己。

后悔没有说出的理由，无法在时间中站住脚踝。

四

已经完全忘记那个久远以前的冬天，你在哪一条街挂着"良生牛杂"招牌的饭馆里和某人吃过饭。

南瓜汤、牡蛎、蛋花、铁制的长柄汤勺、平板彩电悬在右上方，许多人在喊，科比，艾弗森。

饭间，他不时拿出手机玩弄，又许久盯着头顶上的屏幕看看，和你说过的话不超三句。

你吃什么？

这个行么？我去叫了。

而这微薄的言语，也不妨碍你和他做一场须臾的朋友。

两菜一汤，外加两碗米饭。你欠他一张十块的人民币。

也是在那个冬天，手心里放不下了那人的号码，时时在手机上敲击。

"还能出来吗？""我们再见见吧。""晚上早点休息，别着凉。"

按着键盘上已经模糊不清的字母辛苦打出的汉字，一时间又删掉，手指在颤抖。风攀附每一条手心的纹路刮过。

没想到，最先着凉的那个人会是自己。

心间流过一条小渠，愈发狭小，最终连喉管里的声腔也无法通过，咽住了。

那些朦胧、想象，和自我甜蜜，形若失去翅膀的蜂蝶，只能接受最透明的光。

五

在很多时候,冬天是和夜晚连接的。

入夜,你想来最多的也是冬日之景与其琐事,沉寂悠然,或浩大苍茫,总印着心悸爬上瞳孔和记忆。

一个人,穿过抖光落红或竹片的小径,提灯跟一个叫穆罕默德的男人去耶路撒冷,或是醉卧铁轨一侧,雪落成山,放浪形骸,不理人事。

这般愿景每当与人说起,多半被笑道,呆滞和乌托邦。

而你已经习惯这种卑微、空洞,并深深痴恋。

荒野无灯,一个人才能走出自己的路,一个人才能看到自己的风景。

仅仅只是一个人,依了自己的体悟与所感,寻觅一生。

这是夜教会于你的信仰、崇高,亦自我皈依。

六

内心坚守许久的念想依然是不能言弃的。

你对那个人,亦是此般。

他在去年冬天送给你的围巾和手套,你一直保存到现在,中间只戴过一次,是为了见他。

那些毛绒浸过一次水,卷了些许毛球,红白颜色亦褪去了不少,像极了时光。你搭着那双比自己略微宽大的手掌,走过幽蓝色的森林,再也回不去了。

冬天的阴翳里,很多人夹带光阴表层的薄薄纱巾,匆匆离开。那人走了,去你无所知晓的远方。

我会慢慢习惯没有你在自己身边的日子。

我会忘记你的,像遗忘一朵花,那么容易。

真的,真的,已经忘记了。

而那人的名姓、眉边的痣、喜欢的颜色、爱吃的食物、爱看的节目，你却记得，一直清清楚楚。

再努力也应是记得的，只是不愿提起。

你只是在骗自己。

七

很多你曾经以为是最为熟悉的事物，到后来，往往便成了最不熟悉的。

像一场深冬之雪，覆盖之前，覆盖之后。

八

在梦里，冬天你是常遇的。

而那个人，常常看到的只是背影。你伸手触碰一刻，他一点一点远行。

透明的漫长距离永远横亘在中间。

醒来时，窗外堆满飘落的白点，簌簌而下，像倒流的白色的海。

你哭过了，液体淌在被单的一角，微热。暖气的慰藉，悄无声息。

时光里的那个人，既然丢不下，就把他捡起。

知道吗，佳木斯下雪了。

看不见的网络这头，是你在说。

九

真的下雪了。

希望你能看到。

眺望的地方叫作远方

独家记忆

一

总会有那么一天,独自悲伤地走在湿冷的南方,感觉骨头中生长的刺要长成粗壮的树干。

"这样的痛很剧烈吧,要习惯,知道吗?"

风中,时常传来你过去说过的话,眼眶红了一下,揉一揉又好了。

足够坚强吧,这朵开始在路边孤单盛开的野花。一朵,两朵,三朵……

春寒中,迎风挺立的容颜多么美丽。

二

我已经习惯一个人走路了。

很素淡的一双帆布鞋踩在深秋的路面上,小道上树荫渐少,稀稀疏疏的枝头没有过多情节可以展开。黄叶铺出一层很厚的地毯。

总觉得自己每次出门都是在寻找过去丢失的物件。很小很细微,或是不值一提的物品,总会在暗处发出一些光,线头一样穿进心房。

那张摆在巷子口破损得露出黄色海绵的沙发。院子里坐着年老的阿婆怀里织不完的毛衣。六路公交上依旧没有被修好的漏风的窗子。在电视塔下拍出的照片，一张硬邦邦的脸。

"不是叫你说'茄子'吗，怎么又这样？"

"拜托，人家真的不适合照相嘛。"

三

夏天时剪得很短的头发到现在还没覆盖自己油光的额头，有点后悔了。

半个月都没允许自己出门，内心有些害怕，像每次自己出丑的时候总会被你看到。

校园歌唱比赛上瑟瑟紧张的自己，唱破的音在喇叭里响起，耳朵抽筋了好久都没好过来。期末考试，卷子上出现了小抄里的题目，从笔盒畏畏缩缩拿出的一刻被人在背后喊了一下，又面红耳赤地放回去。街道上走着，被迎面驶来的脚踏车差点撞到，还被骑车的大叔大声斥骂，你这小学生怎么走路的。

"都十几岁的人啦，还剪幼稚生的头发。"

"不行吗？反正又不是剪给你看！"

但幸好，你现在看不到了。

四

不知为什么，都快冬天了，南方时常还会下雨。

马路上溅起的水花，车篷上雨点猛烈击打的声响，学校年老失修的墙壁上长满的青苔、草蔓和爬山虎，玻璃上被人呵气画出的脸嘴角是下凹的弧线。

恋人们有永远撑不够的伞和永远走不尽的僻静小路，树皮、房檐、天

瞭望的地方叫作远方

空都是一种颜色。

我讨厌雨水，它们的气味总是太像你。

"怎么样，我像不像一棵雨天发光的树？"

"哪里会像噢，全身都是臭味，快点回去啦！"

下雨时走过还是夏天时的树林，手里的雨伞上黏着零星的树叶，你一边跟我拥抱一边把它们捡开。

五

很久都没找到的钢笔帽突然出现在脚边，自己又把它踢了一下。

突然发现房间里非常安静。

"像不像暴风雨前夜，世界毁灭之前？"

以前老想问你的问题，一直都没有开口。白痴、笨蛋、傻瓜、无聊、你一定会对我说出这些词，然后敲打我的头。

雨的声音始终没停，树梢间仅剩不多的叶片簌簌低语，猫慵懒的叫声由远及近，世界似乎存在另外一个出口。

"那一天，你会不会站在我身边？"

这个问题，自己一直也没有问。

六

两个鱼缸养着两条鱼，隔着厚厚的玻璃、空气，彼此相望，像两个深情的哑巴。

孤独是一片大海。

我的岛屿，很早之前就不见了。

七

自己依旧是个孤僻的人，这样的脾气像生来便有的胎记，无法根除。

拿下一本书,想看又看不进去,重新搁回书架心里又过意不去。剪脚趾甲,一用劲,剪了太多,米色的皮肤很快长出了一小朵一小朵的梅花。偷偷溜进厨房,趁父母不在,想自己做些饭菜,却区别不开平日放油盐酱醋的瓶子,哪个是哪一个?

都成人了,还是做不好这些小事,却一直也都不想改变。这个世界也有很多东西没有改变。

KFC 的店员不知疲倦地喊着欢迎光临,哪怕自己点的只是一杯九珍果汁。热闹的市中心,汽车扬起的烟尘来回污染着自己干净洁白的衬衣。公交上卖票的阿姨不断催促上车的人都再往后走点,再走点,每次好像都不知道后面的空间已经处于饱和状态。上了年纪的老人三三两两坐在公园里,讨论的话题永远离不开蔬菜涨价、城市建设和自己现在的身体情况。

不想改变,是害怕有一天,你把我忘记。

八

时间是深海发亮的带鱼,狭长的身体,穿梭过生命的旷野。

季节和月份覆盖绿草和新霜。

你停留在钟摆固定的节奏里,说:

"有天不管谁离开了,对方都要像彼此在一起时那样生活。"

告别很漫长,你还应该留下一片海洋的涟漪。

九

玻璃瓶中钻入一只躲雨的飞虫,青绿色的翅膀抖动着发出很小的声音。

我在饮水机面前停住,喝了一小口加热过的水,把水杯捧在手上。屋外的雨渐渐下得小了,道路出现明朗清晰的样子,一些路人用胳膊支着雨伞,弯下腰,细心地系好鞋带。

前途光明,出口甚小。

"给我一辈子,我要带你环游全世界。"

遥远的谎言,落在手心,也还有余温。

十

雨阵收山,屋檐清楚地坠下可以数出的水滴。

一、二、三……

墙角的梅花开了,如果你在,我就带你去看。

直到四季静默无声

一

站在暖色的光芒里,又看见你。

投射于雪白纸页上晃动的树影,像沉默的故事在春日苏醒。

你说一辈子要盛开的白色花朵,是不是已经萌发出无可言说的根须和高傲的花?

四季轮回了一次，白昼落在疏朗枝头。我站在你的世界之外，听不到一点回声。

固执的冰在这三月依旧没有融化为水，年轻的人像荒原上一匹倔强的马。

二

清晨，空气里飘满青橙的香气。鼻尖不断打战，像遇到久违的那个人，心内酸楚难言，蹙（cù）着眉头无计可施。

曾经是他带你去校门口的水果店挑选最大的西瓜。你说，这个像他的头。他朝你扔了颗橙子过来。橙子那时未熟，还带着青色的皮，你放在鼻翼前闻了闻，说，好酸。他不理你，只顾在一旁笑。

时间的远途无法原路返回，返回时一切都已经改变，可以返回的只是回忆和眼泪。

现在会有谁笑你呢？

没有，或者不知道。

三

说过的，当两个人无法在一起时，彼此都要珍重和遗忘。

而你总抱着他送你的那只米黄色的大熊，一直学不会重新开始。

孤单面对屏幕上那个不再闪动的头像，手指却仍在熟稔地敲打出"是不是又隐身啦？""我知道你在的。""和我说说话吧。""真的不在吗，那下次一定要出现哦。"

像怀念掌心里曾被他抚摸的每一条纹路，那些为一个人开过的满天繁星和霜花。

而他终究没再出现，头像依旧像不说话的哑巴。你望着夜的海，在眼眶里闻到海水的味道。

望的地方叫作远方

是谁这样执拗地不肯放手,躲在故事里假装自己可以从容生活。

爱是折磨人的东西。

世界决绝,不动情。

四

霏霏细雨中,野蕨在墙角长势猖狂,接近挑衅的生长,掩盖天空的阴翳和忧伤。

一整天,你坐在窗前素描,笔下的蕨叶像浸过水的羽毛收拢着,没有半点野性。黄昏袭来,暗影笼罩着画纸上纠缠不清的线条,笔路怎样牵扯都没有出口。

人生到了失意的时候,原来可以这样乱得没有阵脚。

你痛恨自己,究竟什么时候才会成长,才会穿过内心的重重云雾看见未来的高山和流水。

无爱而欢的人是这世上稀有的金属,你跑过所有的铁器店,都没有找到。

五

流浪的阳光在哭红的眼睛上反光,轻微得没有一点重量。

风与过客是一对孪生的手足。

记起是六月,他还没来看你,你独自在树下唱歌。一阵野风吹过,吹落一两粒瘦小的荔枝,滚到脚边。

你捡起最瘦弱的那粒,高高地举着,说:"我都落了这么久了,也不见你把我捡起来。"

他在你背后听得很清楚,而你以为只有天空听到。

很多时候,你也不奢望能与他偏执到天涯,只想安静地看他,如同望着车窗上那个清澈的侧影带着隐忍与孤寂,听埋没于阴影中无声的爱恋。

"看够了吗？又不是要分开，把我看得这么认真，干吗？"

一些果实并不是要等熟透之后才落下，有些事总是要事先做。

六

背叛永远住在承诺的隔壁。

在他离开后，你一直住在哭声里。

我听着自己与树叶擦肩而过的风声，想到盛夏过后无人认领的雨滴摇响了风铃。

你为他写过信的手兀自要摆在南方的雨水里，那些甜的爱情还没长出，就不知去处。

那个坐在单车少年身后小小的你，那个在婚纱店的落地窗外傻傻张望的你，那个看双子座流星雨时双手合十的你，那个原本以为一辈子可以和他不离不弃的你，在入秋桂花的香气中隐匿形状，戛然而止在最后一次萤火中。

我躲在一棵香樟树不断变瘦的影子里，看你和往事捉迷藏，用一树叶子掉落的时间。

七

秋天的末梢，天空被时间拉出山一样的轮廓，落红像一群狂欢的女人，一直舞到歌剧里最后的一行咏叹。

我还站在初见你时的街角，遛狗的贵妇和吵着要买风筝的孩子陆续走过，陌生的男女重复俗烂的情节，嬉闹、谩骂又拥抱。

而你，迟迟没再出现。

这个难挨的霜降结束后，我在南方看了整整一季的香椿，枝条稀疏而粗大，像空气里时光被划破的脸。

望的地方叫作远方

如果有一天，我们再见面，我大概还是会问，你现在过得怎样，有新的归宿了吗？

我知道，你不会回答。

八

身体闪现出透明的伤口，在镜中被人用力撕开虚伪的绷带。

你看到虹光时忍住了前夜汹涌的慌张，岁月的长河上，你用沉默在骨头里继续开花。

叶尖轻轻坠下露水的香，有一处小巧的缺口，住着一只断翅的蝴蝶。

我想你是真的，因为爱过，受了伤害，因为伤害，有了抵抗，因为抵抗，不再对爱崇拜。

那是不是，心爱到疯了，恨到算了，也就真的好了？

九

春天过后是夏天，夏天到来莲花开，莲花谢后秋雨就落了，你说的冬天，又将来到。

忍冬一寸一寸爬向屋顶，上弦月慢慢缺后，又慢慢圆。

而我，直到四季静默无声，才听到你在说——

"不要问我和他如何，我和你也不会有结果。"

或许，这便是世上最好的答案。

月亮背面的宫殿，是我们永远看不到的结局。

第二辑

消失的蝴蝶斑

孤独的气味

　　幼时起，我便对孤独有着恐惧，它像汹涌的海水淹没过我的灯火和城池。

　　我很惮怕夜的降临，像接受黑暗中所有眼睛的窥视。一个人静静站在窗口，仿佛蝙蝠都从遥远的黑森林间一跃而来，从我的眼眶钻入内心，它们尽情地舞蹈、啃咬，蜇伤着我的思维与肌体。那座心灵的岛屿也在这样浓郁的黑色里消失踪影。

　　曾听得郭珊在薰衣的《尘曲》中说，你可以在他人的目光面前，任意伪装孤独的呈现方式，却无法在孤独的注视中，伪装成他人。

　　孤独里有我们的真实吗？我坐在塌陷的沙发上，和时间面对面，却始终无法在空荡荡的房子里检索到一个答案。自己是在害怕真实，还是在害怕强装下的坚强脾性被撕裂面具的一刻所呈现的焦灼恐慌？

　　习惯孤独吧，并把它当作你的朋友。不必焦躁与恐慌，所有的洪流都有它的去向。你静待时间，一些沉默和疼痛自然会消解。手心上流动的句子,是来自内心里的少年。他站在遥远的某处,洞察世事般地与我言说。

风穿过我的双耳,纸上飘出的声音像金属一样坚定而磁性地响着:你闭上眼睛,闻一闻空气。你会知道孤独的味道,它并不可怕,只是脆弱得需要借助你的身体轻轻依靠。

黑暗里,似乎有一条小路通向我。

那些凝结的水露晶莹地闪烁,风中悄悄掉落在蜗牛的壳上。月光下的栀子树有这个季节开得幸福的白花轻轻挤着、靠着,像不老而芬芳的时光。祖母坐在门前,剥花生壳,用自己苍老而素洁的双手一点点剥出酥脆的果仁。她叫我伸手,一大把细碎的果仁宛若月光一般倾泻在我的掌心。祖母望着远天银河笑着,说父亲和我一般大的时候也总靠在她的腿边,数着星星,听她讲很老很老的故事。

时间是件玄妙的物件,仿佛穿透了人的一生。在栀子花由梦里到梦外彻底谢落的时候,女人的一出戏终于降下帷幕,像一种自然执行的秩序。

我的孤独是在祖母离开的那天到来的,然后它在内心不断滋生、蔓延、缠绕与占领。

亲爱的少年,你或许不知道,七岁之后,我很少再说话了。

我承认自己曾经患过自闭症,而且病得不轻。终日坐在屋子里,不与人说话,就如你所见过的那些关在橱窗里不能动弹的玩偶一样。它们摆着可爱而柔软的姿势,却在心里藏着无人可以读出的寂寞与忧伤。偶尔爬到屋顶之上,一只小脚总是在试探悬空的荒凉与地面究竟隔着几层微霜。月球巨大清亮,隐约间能看见凹凸的斑点,像地面上起伏的山峦。一个人困在迷镜里,连脊背上何时爬进蜉蝣的昆虫都不曾察觉,微绿浅黄的身躯,和鼻尖的气息轻轻张起又落下。

曾经逼迫自己不再对着孤独的境况倾诉衷苦,但还是在被月光切碎的往事里塌陷了情绪。

那个永远只会坐在角落看别的孩子唱歌而傻傻鼓掌的我，那个走在路上经常被车辆前灯照出瘦黄面庞的我，那个在公交上被好多人的鞋子踩疼脚却从不吭声的我，一直让孤单和平凡成为自己的特色。

而直到现在，我还是很难习惯人声如潮的闹市、街衢、广场或者小剧院，觉得热闹真的只属于那些狂欢的人，与我无关。身处他们浩大的队伍中，我所能感受到的只是满满的空虚、无奈、寂寞和张皇。毛孔会不自觉冒出汗粒，手心会无端地痛痒与颤抖，我把它们定义为孤独的症状。

在细如蚊声的低语中，夜晚漫长地围坐在我们身旁。我们宽敞的内部不该被孤独所占领。我们要用新的月光照亮横亘在自己与希望之间的石头和荒草。

记住，我就在你身边。

内心里又传来少年的声音，那些似乎用淡蓝色钢笔水挤出的句子，使我的眼眶盈满了水晶。它们透过流火七月、流金九月，抵达这个世界迟迟不肯栖落的心上。那些隐喻或者象征，太像我们想要的一生。

我读过《蒙马特遗书》，里面写着，世界总是没有错的，错的是心灵的脆弱性，我们不能免除于世界的伤害，于是我们就要长期生灵魂的病。

孤独便算是灵魂的病症，我在胸口里一直圈养着它。

岁月中风般抖动的少年，我们掐指也无法算出的未来里，你也要陪我生病吗？

我们要勇敢地手牵手，相爱地抱在一起，相互诉说与抚慰，然后把孤独慢慢治愈，把孤独慢慢忘记。

小夏天·十七岁

嘿，我看见你啦，躲在青皮西瓜后面的小太郎。

十七岁的夏天，你在做什么呢？

早晨匆匆穿上白净而宽大的学校衬衫，啃着几块面包皮连牛奶也没喝就赶去挤公交了，突然记起昨天晚上书包里的练习题还没做完，敲了一下自己脑袋，一副死活不管慷慨就义的模样。拥挤的清晨，城市还在雾气里蒙着半张脸。你比十六岁的自己更加帅气了，车窗里映照出的侧影让你很自恋地笑了笑，"谁说我难看了，这不挺好看的吗？"嘴角不断上翘的弧度，像枝条一样伸展，在到达酒窝后，整张脸变成花园里刚开的马蹄莲。

天真年少的时间，是一条清澈的河流。瘦薄的肩膀露出清晰的锁骨，像石膏雕刻出的样子，光滑又白皙。

唉，你别老形容自己啦，能不能说说你现在的夏天，究竟是什么样的呢？

是从发光的绿叶里最先察觉到夏天到来的，你大步奔跑，踩着上课

第二辑 xiao shi de hu die ban 消失的蝴蝶斑

铃抵达教室门外,刷地一下,却在门口停住脚步。"怎么每天都是你,刚刚好是吧,偏不让你进去,在这里站着吧!"说话的是有略微秃顶的男班主任,他还有一个身份,是学校的教导主任,你觉得自己倒霉,小嘴嘟着像个皮球,怎么就摊上这样的主了,校徽歪歪斜斜地挂在胸前,像被人撕坏的标签。风摘走脸上的汗珠,叶子嗒嗒地响着,你站在雪白的教学楼外,像棵青青的树。

十七岁的夏天,你身上倒霉的事情还有很多。昨晚明明记得已经把英语课本放进书包里的,怎么现在就找不到了。"没带书的给我出去,都快高三了,有想过念书吗?"教英文的老师是个大龄剩女,你怀疑自己没带书的时候总是正好碰到她月经不正常的时候,针尖似的声音絮絮叨叨折磨着你的耳朵。这样的感觉很难受。

答应要帮别人做的事,你也是常忘记的。脑子越来越不好使,"都被单词、文言文、数学公式和几何图形挤爆了,哪里还有空间吗?"你每次总是这样没好气地对自己说,然后再转过头看着那些需要你帮忙的面孔,一脸尴尬地笑着,两颗虎牙锃亮锃亮的。"都几次啦,总是这样,不就是帮忙买几根碳素笔笔芯嘛,也老是忘。""对啊,如果不是你家离那个经常打折的文具店近,我们才不叫你买呢?"女生们也没好气地对你说,裙角飞扬地离开你的位置。什么能对记忆好一点呢,海带、香蕉、核桃、鱼肝油,还是生命一号补脑液?你咬着笔帽,开始思考这个问题。

蝉的叫声开始渐渐点亮这个闷热的季节,你懒散极了,整天没睡醒的样子,眼睛半争半闭地和太阳对视,心想这次一定能坚持一分钟了,却在二十秒的时候打了个大喷嚏。路上好多人都在看着你,有些人脸上没有丝毫表情地走了,有些人一边走一边对旁边的人耳语着,然后笑了起来,还有些人干脆停下来捧腹大笑。你把头低低地朝下,是不是把自己埋起来,这个世界上所有行走的生物就看不到自己了呢?那些站在枝头的蝉继续沙哑地鸣叫,它听不懂你的喷嚏声和它的有什么区别。

和这些倒霉的事在白天区别开来的应该是无聊的事了。哎，难道美好的光明的晴空蔚蓝的白天，只有倒霉和无聊吗？你托着腮帮在课桌上点点头，是打瞌睡了，嘴巴有时还冒出小泡沫，和你邻桌的女孩惊讶地看着，然后迅速地移开书本，要和你保持距离。掉落的书本却在地上发出沉闷的"噗噗"声，掉的是历史书和配套的练习册。"喂喂，要睡觉给我回家睡！""还转头看什么看，说的就是你！"一瞬间和历史老师的目光对上了，一脸凶相的中年男人，你怯怯地把目光缩了回来。课后被叫到办公室，免不了又一顿批斗。

嘿，你又在说起倒霉事啦，那些无聊的事也说说吧。

无聊就像下雨天，你一个人数着屋檐的雨滴落下，没有上壳的蜗牛这时绕过你的指尖，慢镜头不断凑近，你往玻璃窗上呵气，伸手画出好多图案，大象的鼻子、变形的多啦A梦、一节一节的火车，还有鹦鹉、鸽子、紫藤花、棒棒糖，突然又画出一个圆环，加点什么呢，眼睛、眉毛、鼻子，表情呢？嘴角上扬还是下弯，你搔搔小短发，干脆都不加了，就这么留着吧。雨声渐渐稀疏，花丛里的金盏菊开得很灿烂，你没有画出的嘴角是时光里最美的部位。

上课也是一件无聊的事，特别是高三的复习课，一轮一轮，你在掌心熟络的点线面，被老师们一遍又一遍烫热。唯一比较有意思的事除了看看天空、打瞌睡、在笔记上画班上最胖的那位女生，就是盯着各科老师的脸打量老半天。于是，你知道男老师对班上女学生微笑的幅度是最大的，持续的时间是最长的，知道女老师的衣服每周总会换上好几件，鲜艳的裙子和高跟鞋亮相的频率最高，知道哪个男老师的声音最细，哪个女老师的声音最粗，也知道了他们上课的一些小习惯，比如摸耳朵、抬眼镜、抠鼻孔、时不时地出去吐痰、喝水，甚至谁喉咙哽咽的声响最大，你都知道。

晚自习也是足够无聊的。教室里弥漫着浓郁的花露水味道，你趴在桌上写作业、看单词，写着写着，背着背着，就打起呵欠睡着了，清醒后会听到飞虫撞击窗户的声音，有瓢虫、飞蛾、长翅膀的巨型蚂蚁和长脚蚊子。你总是最早收拾好书包在座位上转笔杆的那个，总是盯着石英钟口中轻轻倒计时的那个，总是心里迫不及待希望快快打铃的那个，总是率先冲出教室门口的那个。"谁都不要和我抢，我一定要是最快的！"每次冲出日光灯异常璀璨的教学楼时，你总是这样兴奋地叫着。年轻的声音穿过夜晚的窗户，白色的衬衣在风中飘动。

回到家时已经是深夜，蛐蛐在草丛里拉响了月光，窗户上依旧是飞虫扑打着翅膀的身影，咯噔咯噔。你一脸倦怠，用一张挂在门上写有"正在复习，谢绝打扰"的大纸板回绝妈妈为你准备的夜宵。大段大段待在卧室内的时间其实是用来发呆、听音乐、看电影，用手机给认识或不认识的人发无聊的短信。"你在干吗呢？""这个夜晚好孤单呢。""我很想你……"有时妈妈还是假装没看到门上的告示牌进来了，你戴着耳麦背着不着调的英语单词，而耳朵里听的却是周杰伦的《稻香》。偶尔从枕头下偷偷取出一两本课外书来，从折起的页脚继续看起，却发觉到后来主角们获取幸福的方式都那么相像，都那么简单。"校园言情果然都是好粗劣的情节，早知道就看《仙剑》了。"

"怎么说呢，十七岁的夏天还是糟糕透了！"你朝着硬邦邦的墙壁扔枕头，枕头反弹回来又砸到你的脑袋。"干脆就这样中枪吧。"我摊开身体扑倒在床上，闭上眼睛，呼呼呼地睡着了。五瓦的台灯还亮着，萤火虫星星点点，玩具士兵在橱窗里沉默地看着流了一脸哈喇子的你。

但是，十七岁的夏天是不是也有美好而幸福的时刻呢？

"有吗？"

"没有。"

"有吗？"

"没有！"

"有吗？"

"……好像有吧。"

幸福，幸福是——

一个人从树梢下走过，看到阳光碎碎点点地在指尖舞蹈。

是偶尔做对了题目，受到老师的表扬。

是银子做的枝叶敲打月亮做的风铃。

是班主任对着自己步步上升的月考成绩，伸过手来拍肩膀的声音。

是爸爸做的番薯糕和妈妈做的南瓜汤。

是吃了一周青莲黄片后脸上消退的几颗痘痘。

是清晨路过花园时发现里面又开了几朵新的小白花，光线透过花瓣的缺口，有心形的图案投射在地面上，一点一点，在风中忽闪。

是在梦里遇到一只会说话的天鹅，它带着自己飞向很高的天空，你俯瞰大地，公路、汽车、学校、高楼，一切都像小小的积木。

这些，都是吧，你的那些美好而幸福的时刻。

可是，最让你感到幸福的事呢？十七岁白衣飘飘的日子，青葱的树，黄昏会唱歌的鸽子，夜里会巡逻的花猫，是白墙上画满花花绿绿的图案，衣领上留着吃街边烧烤时不小心沾到的油渍，是等到一个暗恋的女生拎着车从车棚里出来，你涨红着脸把一封写着稚嫩笔体的信递到车筐里，模仿着电影里的台词说，"我叫张士豪，天蝎座 O 型，游泳队吉他社，我还不错啊！"

"不对。"

"是夏天的西瓜。"

在电风扇急速转动的嗡鸣声中，你想象着西瓜被切开时散发出的香甜味。那些气味充满了夏天，空气里也都是，粘在身体上，像留下了永远的黏腻感。肃杀的冬、萌动的春、萧索的秋，从时间的沙漏里流向生命之外，剩下夏天，像凝固在鼻翼上的时光，闻一闻，都是西瓜的味道。有没有谁看见那样油彩里的青翠与浅红？

电视上关于高温的黄色系数不断上升，周末歇在家里的时候，吃水果看漫画，睡觉或者偶尔翻翻笔记。爸爸从超市回来，像搬运工一样往家里摞搬运青皮西瓜，操刀，"咔嚓"，西瓜刀的锋刃在阳光下晃动着光芒，溅出淡红色的汁液和黝黑的西瓜子。你预备好小勺，看好之后，迅速占领了那块肥沃的高地，心中窃喜。

和宿舍的同学一起吃西瓜也是让人快乐的事。他们买来西瓜后，没有使用水果刀，你花力气，一瓣一瓣掰开，西瓜汁溅得满身都是，你跑起来往每个人身上蹭。在熄灯后吃着掰得稀巴烂的西瓜，满满的幸福，明亮的笑。

可是你不知道，时间会挖空西瓜里最甜的部分，就像很多人会走散，很多故事会被风吹凉，在你并不注意的时候。

"都老大不小了，还留着这些干吗，改天送给邻居家的小宝吧？"妈妈在整理房间时，从你的柜子里搜出一堆一堆西瓜太郎的公仔、碟片、漫画、彩色铅笔和手摇式转笔刀。"不要啦！"你摊开妈妈的手，露出少年小小的叛逆。想起好多好多个夏天都是这个脑袋大大、剪着傻傻短发、穿一件红兜肚的卡通人物陪伴你，那时你只是孤独地坐在地板上或者趴在床上发呆，看窗外的天空和云朵，那时你的掌心没有明晰的线条，未来离你还很遥远。

亲爱的小太郎，十七岁，不是都快要变成大人了吗，怎么还这么不肯放下呢？

我们要成熟，要离开，要义无反顾地长大，和年少脱离关系，要学会稳重的举止，对这世界负责，要和明媚或忧伤的过去渐行渐远，在这个靠近十八岁的季节里。

难道，不是吗？

你低着头，不再说话。时间有时也夺取了我们说话的权利。

那一年顶楼加盖的阁楼什么人忘了锁,是谁找不到未满十八岁的我,你是一滴滴隐形的眼泪,风一吹就干了,只能这样了,是吗?

一去不返的日子里,阳光照射着每一粒灰尘,飞鸟来来回回,记不住哪片西瓜地已经荒芜。时间像东南沿海过境的台风卷过屋顶,一切回到十七岁,恍恍惚惚的青春年轻的脸,衣袖上的汗水浇灌出来了又来的夏天。

嘿,我看到你了,躲在青皮西瓜后面的小太郎。十七岁的夏天安然如故,而你,要让自己更快乐一点哦。

因为,未来还有很多夏天要来,我们还有很多旅途需要途经,需要扇动着翅膀扑哧扑哧地往前飞。

时光,你终于可以
听我的话了

如果记忆倒数五秒,我会最先看到什么? 是那艘沉默的大船又被人捞起,是白天鹅的翅膀飞得很高很远,是世界关闭了最后一盏五瓦的台灯,还是地平线上刚好冒出一座盛开的玫瑰庄园,还是……

五

我坐在去年春天的老式藤椅上,面对着一面墙和一只猫,发呆。

晨起时大雾还是把世界浸泡得像灰蒙蒙的海,电线杆是桅杆。我们活在一艘巨船之中,迎接大风和大浪。

我问那只胖猫是偷跑出来的,还是无家可归?它扭头跳进一家打开的窗户里,像非常主动的食物,投进一张大大的嘴。

母亲站在栽满芦荟的楼顶晒春光,优雅地问我复习的进度,"高三,开不得玩笑。"她的声音温柔得像水雾,一直沿着每家的窗角晕开成花,一大片,一大片,开满世界。

一直开到我几乎能看见手表上的指针逆时针倒转了好几个光年。

高三,听母亲的话,我不开玩笑。但这还算属于我的高三吗?

问了一个很白痴的问题,蓝天上的云朵都跑开了,但是太阳出来了,它向更南的南方偏过去。多像母亲或是 Mr 刘的话不容更改,高三要努力,高三要加油,高三只有一次,高三,高三……

高三,生命的骨骼里生长的都是你,蔓延开来,成为盛大的荒芜。那些隐没在地表以下的声音也在随其附和,铺天盖地地漫上来,一点一点,像这个季节流得缓慢的河水,拉着长长的尾音。

那些小手,那些跟着太阳生长的小花,措手不及地消失在摇摇晃晃又模模糊糊的视野里。

我跟胖猫一样走进受潮的屋子。

四

阳光变长的时候,我感觉还在深夜。

桌上是一沓解不完的数学题。抛物线该怎样抛出才算完美?

天才一边投篮时一边问了我这个问题。他轻轻转身、伸手、定神、投篮……我没听见球进筐的声音,背景便暗淡下去。这是属于很久以前的景致了,我们神情简单得犹如孩童未谙世事,像花开,却比花开来得深刻沉重些。

再次见到天才,是在落着细雨的春末,瘦瘦的他站在教学楼六层的走廊上吸了一口气,便又朝着高三(7)班一头栽了进去。我刚要喊他的名字,却一刻间止住。时间深沉得像陷落汪洋的旧轮船。

无数个漫长的旅途里,总站着那些青春的面孔,承受岁月交给的寂寞与成长,是磨难还是福祉?我们的生命究竟是伟大的,还是只能卑微地囚在樊笼里,像只张望天空的鸽子?

那在白昼里映出的不清晰的影子犹如摇晃的薄雾,却又隔着层层叠叠的朦胧。突然间发现自己很难再望到那定格在思维深处的一幕幕青春,那么明媚、那么清晰的青春。

我喝了一杯卡布奇诺,神经异常兴奋地跳动着,像一支回旋舞。可是,跳给谁看?

三

这几天一直梦见大鸟的翅膀从屋顶飞过,它们的嘴里都叼着一块绿宝石。白色的羽毛好似落雨一样飘落,但却没有掉下一颗那样翠绿的宝石。世界泛起一片微光,是太阳正要探出头来吗?

一切柔和得如同咖啡馆里的情调。谁在吹奏萨克斯或者在拉手风琴,从地球的这头响起,又沿着无数根金属管道蹿到另一头。

透明的河里有无数个我在来回穿梭,形同鱼群。

一切又都在重复,大鸟落下羽毛,咖啡馆的情调在蔓延,我在河里来回穿梭,一遍一遍,像一条无止境的路。

这不是我的年华。我的年华没这么璀璨。这只是一场虚无的狂欢。这是梦!

午夜时分，黑暗还没抵达黎明的入口，而我已经醒来。

二

六月的那两天，下着辛苦的大雨。

风从每个考场沿着每一处漏空的缝隙穿进来，串走了留在小脸上的水滴。恍然如梦，每个少年都在成长史里书写自己至关重要的一笔。一个时期的青春，那些烦闷的、悸动的、忧愁的、抑郁的或是轻喜悦的青春，都将终结。

天空没有露出清晰的轮廓，电风扇周而复始地旋转。等待，如同池塘里的红荷，一朵朵，欲开欲拢。

很多声音在青色的光里，打磨成盛夏里沸腾的蛙声，清脆地叫，接连不断，像一条庞大的河流。

我们是河中那片漂流的羽毛。两天的旅途过后，前方，是我们的终点吗？

她在说，逝者如斯夫，天啊，我们今天竟然在高考！

他在说，不是在做梦吧？

她在说，不要胡思乱想，一定行的！

他在说，Mr. 高押的题怎么一道也没有？

她在说，考完我要吃一大袋的热狗。

他在说，那些书究竟能折成多少架纸飞机呢？

…………

解放的铃声响了。

辛苦下了两天的大雨停了。

一

我们永远不能占有时间，时间却在掌握着我们的命运。

而现在,终于穿过了那一扇紧闭的大门,黑色的迷宫转眼丢在我们身后。这样黑白的年华该过去了吧?

这一天,黑暗退出了我们的森林,雾霭消散,所有的鸟群已经叼着阳光回归。它们露出可爱的小脑袋,站在枝头上细细整理着自己的翎羽。

风雨暂时离开,我们要开着大船驶向下一片汪洋。那里会有我们的海鸥、白帆、灯塔,它们快乐地张扬,像我们被囚禁的岁月,终于获释。

这是新的一天,新的一天。

你不会知道俄罗斯方块有天竟然也会被我玩到天亮。

你不会知道我写了好多好多的"谢谢"藏在你放毕业证的包里。

你不会知道出现在我梦里的大鸟和鱼群是什么模样。

你更不会知道此刻我正站在青山上望着自己飘满玫瑰色云朵的远方,说着,时光,你终于可以听我的话了。

○

一朵小花沾着清晨的露水被风贴到了我的脸上,感觉被人柔软地轻抚。

我就要睁开眼睛了,到底会最先看到什么?

是那艘沉默的大船又被人捞起,是白天鹅的翅膀飞得很高很远,是世界关闭了最后一盏五瓦的台灯,还是地平线上刚好冒出一座盛开的玫瑰庄园,还是……

昨日的悲伤都已经遗忘,可以遗忘的都已不再重要。

睡在回忆里的海

很多年过去以后，你还会和我说起那片海吗？那片我们见过的最蓝最蓝的海，一直沉睡在我的记忆里。我在等待，有天你会把它叫醒。

——题记

　　每年夏天，我都像得了某种病症般惧怕着南方的闷热，很少出门，只蜗居在光线昏暗的房间内。自己的玩伴无疑是些不会说话的布偶、泥人、风车和纸飞机。一个人孤单得像只囚笼中的鸟，伏在阳台上张望被白昼眷顾的世界。

　　有时便掏出古书朗读诗篇，对着漫画书画些变形的人物，或是守着电视不断地睁眼闭眼，时间似乎慢得可以用分秒之后的单位来估量。

　　母亲那时还在家中操持家务，见我整日闷闷不乐，心里也有些难受。她从后背抱住我，用额头触碰我的额头，说："航，妈妈给你做些好吃的，但你要笑笑。"母亲会做的菜肴很多，像糖醋排骨、蘑菇汤、南瓜鱼、牡蛎蛋卷，一样样都是绝美的南方风味。而我摇了摇头。母亲摸着我的脸颊，"那到外面去走走吧。"我沉默地摆弄着手里没有表情的玩具，没有看她。很多蚂蚁举着白色的粉团在屋外的墙壁上爬行，风里是栀子的香气。母亲望着窗外，说："那就去看看海吧。"

我六岁时去过海边，是祖父带着我们一帮孩子去的。那时沿途的姜花不断地飘扬，天空是一片无边的蓝。时光如同沙田里的西瓜，不断抽出青绿色的藤，一寸一寸，向大海爬去。

小惠和蛋挞那时也在，我们很快乐地彼此牵着手在海边疯跑，学螃蟹横着走路，不时倒在沙地上翻滚，海风习习吹来，浪涛击打着礁石，天空是永远无法代替的蓝。祖父坐在岸堤上抽烟，像舍不得很多事物一样地把烟圈含在口里然后慢慢地吐出。他望着远处驶来的渔船，招呼我们过来，说年轻的时候自己也曾坐在船上去过很多地方，包括遥远的对岸。我们羡慕地拉着祖父的手，要他带我们到船上去，祖父摸着我们的脑门，笑着说："你们这群机灵鬼们，要等长大后才能出海，那时对岸也应该回来了。"

祖父不知道，在他辞世后，对岸也和原先一样，还像个迟迟不肯归来的孩子。而我们都长大了，却没有一个人再说起自己要坐船出海的想法。

小惠是个很漂亮的女孩子，梳着羊角辫，在耳朵两边很舒服地垂下，经常穿的是白裙子，眼睛很大。她常常坐在小学时长得很茂盛的榕树下问我："长大究竟要用多久时间，会不会一夜之间就能在镜子里看见自己成熟的脸颊？"我说："不会的，成长很漫长，像一千米的操场跑道一样，等你撞到终点时就气喘吁吁了。"小惠这下不说话了，跑到我身后，很小声地说："如果此刻我们都不在你身边了，你会做什么呢？"我看了看树梢，用手指着上面说："我会爬到上面，看看你们走了多远。""然后呢？"她问。"然后就大声喊住你们，让你们回头看看我。"

蛋挞那时总喜欢偷袭我们，躲在芭蕉叶或者榕树粗大的树干后面，趁我们聊得高兴的时候，伸出圆润白皙的爪子来。他是一个可爱的小胖子。小惠总想捏他的小脸，说比她妈妈做的面团还软。蛋挞只是在一旁生气地嘟着嘴，也不还手收拾小惠。"男子汉不和小女子计较！""真的？"小惠又邪恶地笑了笑，然后更加起劲地捏他的脸、手臂，甚至是肚子。我看不过去了，自然伸出援手，试图去抓她。小惠马上躲到蛋挞后面去了。我们三个人就开始围着榕树不断地跑、不断地笑。枝丫上细小的叶子一点一点抵达我们的头顶和肩膀，像一只只翠绿色的蝴蝶在时光里舞蹈。

我们终于都长大了，花了两年的幼儿园生活、六年的小学光阴和又一个六年的中学时光。最后小惠去了澳大利亚，蛋挞去了美国。我还在南方的小镇，一个人低着头，对着那片渐渐消逝的海没有出声。内心里是一座矗立的灯塔，望着彼岸，沉默得如同更深的海。

有时在线上还会碰到他们，不同的时区里，不同的黑夜白天。我们聊了很多，不过都和过去有关，小惠说我们那时怎么会那么傻，整天坐在一起说些胡话，经常因为偷摘田园里的龙眼荔枝被看守的大叔发现而担惊受怕地迟迟不肯回家，还因为听了几次校园鬼故事而不敢课间一个人去卫生间。我发了个笑脸，后面加着"The old time is still a flying"（旧时光仍然在飞行）。心中却像失去了什么，有略微的疼。

蛋挞到了美国，他父母在唐人街开了家小小的中式餐馆，但他时常还会跑到邻近的蛋糕房买他以前最喜欢吃的蛋挞。他说自己总觉得这边的蛋挞里面放的奶油和老家的不一样。我说："是什么滋味呢？"他说："不知道，就是觉得不一样。"我说："那你也要少吃点啦，小心体重又超标了。"他笑了，发了鬼脸过来，"你看看这是谁？"一张照片被我点击开。瘦削的脸庞，带着成长后的坚毅，眼神十分笃定。我说："不会是你吧？"他没回答，又发张鬼脸过来。

很多事物总是在我们以为会一成不变的时候转过身来，露出一种惊喜,是岁月施下的魔法,改变着我们。

很多次小惠和蛋挞都问我:"头像怎么还是以前的那个小孩,现在究竟变成什么样了。"我说:"就是他呀,现在的我还是这个小孩呀。"

你们,只需要记住从前我的样子。那时我们都还没有长大,时光美丽的没有一点杂质。

母亲也带我见过海。但那时所见的海已经找不到从前的影子,除了它的宽度和深度,仍如昨昔。

在去海边的车上我一直没有说话,道路是新修的水泥路面,发出很燥热的焦灼气味,两排是被砍伐得只剩下木桩的树林,树叶堆在泥地上,像一张张遇难的面孔。我伏在车窗边看着,内心总在被一些隐形的思绪所撕咬,母亲侧过身,靠着我耳边,说:"把身体放进来,小心被沙粒刮到。"并让司机关上了车窗。

我的心灰灰的,形同雨天。自己也不看母亲,低头抓着手指。

是什么想放开却放不开,是什么一直想挽留却留不住?

海不会说出任何答案。

当自己重新站在曾经的地点上时,显然已经物是人非。海水依旧有力回击着沙石,远处隐隐漂浮着星点般的渔船。母亲怕海风吹得我不适,便从身上脱下自己的风衣搭在我肩上,"航,起风了,披上它吧。"

我摇摇头。

母亲并没有拿走风衣,反而用手按在我肩上,"看看吧,海为什么会这么辽阔?"

"是因为它包容。"母亲自言一番,继续看着我。"航,你也要学会这样,千万不要把自己封闭起来。一个人在这世上,是要走很长的一段路的,路上的风浪永不止息,而你这样,太脆弱了。脆弱的人会失去自己。航,妈妈不愿你这样。"

我的眼眶顷刻转红,但依旧没有说话。

母亲抱住我，开始抽噎起来，"以后，我们还来看海。"

我点点头。在她温热的臂膀中闻到海水的味道，咸涩却发出悠远的香，如同那一刻没有边际的爱。

而这样的话，很久以前的以前，他们不也说过吗？

"小航，爷爷再带你来看海的时候，对岸也应该回来了。"是祖父的声音。

"小航，如果有一天我们坐船出海了，千万别让蛋挞知道。你知道吗，他最近又胖啦！"是小惠的声音。

"小航，我偷偷告诉你，别和小惠说哦，我一直都很喜欢她的。"是蛋挞的声音。

知道，知道，这些我都知道。可是海还会记得那么清吗，那么多的人在它的面前走过、停过、呼喊过、哭过，也欢笑过。它都记得吗？

后来，母亲为了家中生计，开始到厂房里上班，整日忙忙碌碌，再也没和我说过看海的事。

多年以后，当自己长出一张可以和这世界和谐相处的脸时，再看看那些站在我们身后，站在过去，站在黑白布景里的村落和大海，心里总有些难受，像被一双来自时间的透明的手拿着锋利的锥子刺进心底柔软的部分，全身注定要燃起一种很难灭掉的忧伤。

时间让很多人都捉起了迷藏，但又不同于孩提时那场简单得没有忧虑与困惑的游戏。不断成长的岁月里，我们互相用纱布蒙住对方的眼睛，双手捕风捉影，在时间透明的陷阱之上游弋，内心成为一条虚无的鱼。

只是海水依旧在身后不停地潮涨潮退，仿佛少年，永远那么年轻明媚。

鸟眺望的地方叫作远方

Brian，十八岁到来的那天，我一定要对着远方张开翅膀，像一只鸟那样眺望，然后飞翔。

——题记

雨水又一次漫过了五月的地面，我的心里有一只鹿正穿过森林去寻找清晨的黎明。比起任何事物，我对有光的地方或者发光的物体都格外喜欢，总觉得这样庞大而温暖的力量永远是自己薄弱内心的寄托，宛若清朗的湖面给予自己的平静与自省。

隐约间，高空仿佛又投下鸟群的鸣叫，明亮而轻柔地倾泻下来。指尖上突然凝结出透明的雾水，夹杂风中的清凉花香。我知道这是时光，是最为珍贵的无法舍弃的夏日时光。

这是十八岁到来前的夏天，我正经历着一次身心的蜕变，在通往命运的岔路上张望着自己脚下的鞋。世界庞大如海，人流川息不止，鸥鸟正栖息在繁茂的树梢整理自己油亮的羽毛。

其实,我想把走过的时光倒带回春天,那时我的鸟和十八岁还只是一片模糊的影子,在阳光中轻轻晃动。

Brian,我记得你是在那个春天里写完一封信后悄悄走掉的,好像惊蛰后的寂静雨夜,花芽盛满水声,湿气浊浊盈满南方的屋子。而我无法去找你,只是孤单地待在房间或者教室里,守着黑暗的窗。

浅蓝色的信纸像一种忧伤,在春日迟迟的午间抵达自己浅睡的目光里,温柔的光亮打在你熟悉的字迹上,鱼群般从荷藕间游弋而出,却枯萎了我心上的花朵:

亲爱的云,我走了。

每个人都有属于自己的一片森林,迷失的人会迷失,相逢的人会再相逢。

村上春树的文字在你的信上漂着。

Brian,我们的一生也都写在水上,会遇到很多人,与之相识的缘分皆亦是朝生暮死薄弱如水,终究会川流而去。但我不知你远走的缘由。

一条生生不息的河流,你走后,我便不曾为谁真正停留。

剥离掉乏味而沉寂的生活,世界唯独剩下让我可感知的空气、光线、风声与遥远之外原野开放的一丛花朵,它们在叶尖垂落淡淡的粉黄或是青红,像透过距离之外的某种注视,温暖而憔悴。在这接近人生关口的深邃走廊里,黑板上的倒计时是一种煎熬的等待。我不断重复靠着麦斯威尔度过的日夜,那般平淡苍白地与符号在纸上扭打,因大痛之后失去知觉,好像纵身坠入无底的山谷而始终处在悬空的状态,从春到夏。

只在哪一个下午,十五分钟的小憩后似乎听见你的声音,还如多年前善良无邪的孩童一般,叫着我:

云,如果有天我还会回来,我不愿看到这般消耗青春的样子。

迎窗而来的清风在掌心收拢出一个透明的你,我在时间的临界点上徘徊久已,听完这般言语眼泪静静滑落,却有很快在内心的坚定里止住。

望的地方叫作远方

我开始在胸膛上敲出誓言的声音：

Brian，如果你回来，一定要看到我变成一只鸟的模样。

我寻找很多除了机械运转思维之外的事情来做，试图跳出人人匍匐前行的高考之路。

听久石让的音乐，画自己喜欢的图案，看很久没有再翻起的外国小说，早退、爬墙、逛商场、独行，或者从课桌底下整理出大叠大叠认为没用的书本、练习，然后抱回家扔进房间的某个死角。有时感觉自己又渐渐恢复成往昔的样子，带着风的属性。

我相信凯鲁亚克的话：永远年轻，永远热泪盈眶。

十八岁需要这样的永远。

傍晚趴在课桌上看到窗外胶片般的黄昏，胸腔里充满了说不出的低沉。想起了上高三前的那些假期里，自己整天躲在乡村的梦中而享受着自然的清风给予的欢愉和祥和。

那时的黄昏显得静谧而美丽，不想此刻我只能在一本书的遮掩下躲过任课老师的目光而打量它。钟声里牛羊下山，小小的蹄子清脆着在土地上缓缓地敲响，大地是一帧绝美的风景，被落日镶在辽远的天空之下。那样安静的日子，风轻柔地抚过屋檐上的每块瓦。我喜欢独自一人爬上屋顶看一大群鸟飞翔的姿势。那些白色的翅膀纷纷扬扬，镀着一层金黄的油彩，顷刻间鸟成了时空的追梦人，带着黄金般的梦想，从枝丫间飞向天空，又从近处飞向远处。无尽地飞翔似乎能够从今天飞向明天，从秋天飞往春天。蓦然，我想化身为鸟，带一生的期盼去找一片转机的天空，去跨越季节的长度而完成生命的一次升华。

然而在记忆的森森丛林里，我们都是一群只会在风景中迷路的羔羊，脆弱地望着同伴的眸子，却始终辨不清方向。

蝉声悄悄从树上发出，一株木槿在春天开完花后又向上伸出孤独而苍翠的小手，抹去了时间的擦痕。夏天不知觉间已经到来，我的内心变得异常崎岖。

　　以前每到入夏时节，自己都会起心动念，想独自出发，坐一趟火车赶去南塘看莲，但从未成行。朋友常说，现时南塘的莲花未必好看了。我知道，内心持有的这个念头只太优美，封闭在密盒中的我们只能在自己的幻想中前行。也曾想起幼时，父母常带自己在大雨中登上山林，站在较高的山峰上遥望寺庙楼宇的细小轮廓。雨水和夜一样，蓄养着我们的宁静与平和。而如今，这样的安宁被麻木与冷漠所代替，显出一片忧伤的蓝，深埋在渺茫的云层中。

　　什么时候我们习惯了一点一点重复机械一样的动作，晨起诵读，埋头做题，目不转睛看老师们手上抖动的粉笔，匆匆走路，匆匆忘记和考试无关的其他事情，那些阴郁的脸庞总带着无法饱满的表情。

　　父母的面孔在这样的时段里也变得小心而谨慎，他们把爱尽量无声而周密地倾洒在我们的身上。他们会在清晨把剥好的鸡蛋和牛奶用干净的袋子装进书包里，会在我们还未到家时便把富有营养的饭菜做好，会在夜间放轻脚步走到书桌边轻轻地放下点心，会在起风的时候到我们的床前把窗户关小，会在夏季突如其来的雷雨中冒雨来学校送伞。他们也会时刻根据我们的面容来判断考试成绩的好坏，也会在我们作业做到一半中途出来透气的时候向我们询问近来的情况，也会趁我们不在家的时候翻动书桌上的试卷、笔记或者成绩单。

　　而我们终究还是臣服于这样的生活，由忍受到习以为常。高考的洪荒夺走了我们呼吸的自由。

　　稀薄的云层之上，不时投下灰白的光影，偶尔听到掠过的鸟声，苍凉地逝去。第一次发现鸟的翅膀原来离自己还那么高远。我只是隐没在草丛中日夜窸窣鸣叫的虫。

　　Brian，在五月的末端，我又梦见你了。

　　你站在辽阔的天宇之下，抚摸一只大鸟的翅膀。它有翡翠色的瞳孔，飞翔的姿势像风中的一场大火。你坐在上面，笃定的目光穿透了无边的云纱。而我站在空荡的时空中央，无所着落与依从。

我试图叫住你。大鸟却载着你飞往更远的地方，只是偶尔你回过头，风吹出一脸的音符：

把我提在风中，使我驭风而行，又使我消失在烈风中。亲爱的云，这样的时刻，马上就要到来。你要忍耐通往光明前的最后一段黑暗。

月亮熄灭，如一枚乌黑的钉子揳入。夜风吹凉的地方，我深睡的耳朵苏醒，在战栗中听见了你。

Brian，我会忍耐的。我要成为你的那只鸟，在空中烧成一场大火。

花们的恋爱识破了夏季的忧伤，我等待的那条织锦的河正牵着一阵优雅的风赤足而来。白衣少年们在水中漂洗自己的倒影，相同冷淡的表情开始追着日子尽头的港口飞花苦笑。

耳畔最后一次听着绮贞的《太阳》。那个美丽的女子用纯净得近乎天空的声音唱着：

> 我胆小地对自己说　就是这样吗
>
> 我是你眼里的太阳　也是你镜子里的骄傲
>
> 我问我这世界是否一如往常
>
> 需要我照亮暗世的时光
>
> 你是我　小心维护的梦
>
> 我疲倦地享受着　这个无法靠近的光芒
>
> 我是我　疲倦流浪的太阳
>
> 我热切地希望　能在消失之前得到信仰

我们的青春太需要这样的纪念，双手环抱太阳与天空，用尽自身一切的爱。那些美好又单纯的年华在一直以来似乎看不到头的长夜中踯

踽独行,却依然保存温热的心,像一枚化石。

阳台上枯萎很久的兰草很久没有再去管它,学校放温书假的时候,有一天在看完考前讲义后偶然走到阳台边,赫然间却发现那株兰草干枯的枝蔓上已经长出新绿的嫩叶,还有点点白花缀着,虽然很少,但在角落里却异常光亮。遇过的很多事物,其实并没有消逝,只是我们遗忘了而已。

遗忘了,就把它捡起,我们的岁月还会再来。虽然,它可能已经是新的模样。

翻了日历才知道高考结束的第二天,自己遥远而期盼许久的十八岁就要盛大地到来,宛若一场仪式,在磨难之后成为明亮的恩赐。

Brian,我有很多事要告诉你。

在你离开后,我遇见了会过马路的斑马,却没有遇见你。我遇见了会说话的兔子,却没有遇见你。

你不在的时候,天空依然清晰,花草依然流转。翠绿在新一轮的更替里化为苍黄,枯荣又一次席卷入寸寸山河。

时间成为深海发亮的带鱼,狭长而柔软地穿梭过夏天的旷野。而你其实未曾离开,一直都在我的心上。在初一那年 Mrs 黄给自己取了一个 Brian 的英文名后,你就一直陪着我。日夜到春秋。

Brian,你就是我。

但你只喜欢我们的过去。高三的洪流中,你说是我把你抛弃在了刮风的路口,是我不再去怀想我们的过往。我只是一味在逼仄的环境中妥协与屈服,画地为牢,把自己囚困在少年们无尽挣扎的夜中。这些我都知道。

Brian,请原谅我无法转身,生命让我不断地向前走,前方是即将到岸的港口。

十八岁那天,我一定会变成自己的鸟,不再攀附谁的影子,只向着远方勇敢的飞翔。不过,偶尔我也会回头再看看你。

站在遥远彼端的少年,对着我远走的身影,缓慢地抬起手。

你遮住了发红的眼眶。

第三辑

光轮下的裂帛

茉莉香

一

　　暗夜里所有狂妄的声响,都止住。

　　黎明的光正拨动白昼的睫毛。

　　一束洁白从漆黑中离开,佯装阳光的模样走向晨钟。古刹之音千年轮回,激荡在每一片空寂的晓梦里,每寸红壤都以崇高的礼节膜拜。

　　伸手覆雨,缩手放晴,天地之灵凝于一颗露水,起于细小枝丫,至于地心根部,恍若每条丝发都被牵动,又被细细抚慰。

　　捕风捉影,也实难见其素颜。

　　茉莉,你以一身白裙包裹娇小娉婷的自己,以水般纯净的眼眸蓄满一世的真情。我在晨光里构想,你今日刚开的花事里,住着几颗等你多时的心?

　　等待的心——

　　跟随岁月的生长坎坷不已,从烽烟秦汉抵达的某件僧袍里一路飘扬至今。

二

佛家圣花的崇高搁置蒲团之上,在历史大河的潮涨潮退中周游各朝,明是非,知疾苦,竭力地寻找白,你在沸腾的炉火上锻造得更白。

在千朵高贵万朵孤傲的花群里,你离群索居,把最纯澈的目光投向万户千家。

晚云下,我在细细参透清香的花语,雾色为你披纱,一夜又把你乔装,隐没成普通人家。

一叶菩提已触醒千年的神经。茉莉,你收拢起自己的芳华悸动我的芳华,你摇摆开所有的水滴混淆我的泪滴,在无法离你远去的日子里,怀抱你如圣洁的云,流转,分针、秒针都为你驻留停息。

梦回宋朝,杏林深处,已有无数的笔端开始描摹你的神妙。你把绿叶舒展,你将花瓣抖落,一举一动,恰若歌舞的仙子引人注目。月光那么浓,也为你晕开,泻满清水池、篱笆院、春暖园,还有一山一山的青。

旧时闽都,若有燕子,定是把你偷窥了千百次,而后只身约定,跋涉长途,来年再续这一段相思之情。你的花开了开,等着春光,等着它。

三

融解在纯净里,想象佛,静坐自己的圆心,世界是一个小小的我。

白厌倦蝴蝶的花心,白引渡深渊的迷茫。一个茶园的方向伸来,茉莉握于掌心,人亦被握于茉莉掌心,被素洁的禅机敲醒,而后清醒于世。

世俗的墙垣被剥落,空灵的白将是世界唯一的镜子,照出喧嚣后的落寞,照出繁华后的衰败,照出桃红柳绿后的无限灰蒙。

褪去艰辛,信念抵达内心,成为芬芳。佛闻着,拈花,一笑,赐予你更加圣洁的圣洁。

元明清逐渐走来,将你采摘一筐一筐,白色的花海,你在翻卷,一波一波遍及苏杭。无时无刻不在想念中煎熬，无时无刻不在想念中生根，福州可以远去，红壤可以消退，但心上若有故乡到哪里也都是家。

夏秋轮回，年华罅隙里，枝丫上的容颜，一成不变的素洁，抑或更加端庄动人。

茉莉——

我看见，你植入江南如水的骨架，长成无法或缺的血肉，长江以南的江山便开始日益丰腴。

我看见，你结出满园芬芳时一脸的幸福，之前孕育的里程中洒满泪水的苦痛。

我看见，你被那一双双粉嫩或是斑驳的手接走时，满含对沃土的无限感激，你轻轻地低头，像临行的孩儿看着家园，看着母亲。那无声的告别咽在花萼上，滴着晨露。

茉莉——

享受茶盅幸福的人，不都应举起生活的帽檐，向你致敬？

四

江枫如火，映着还未清醒的尘世，涉水而过，风将所有的衣襟拉扯。

风是最难舍你离去的人。

虽说风花雪月最为多情，但闽都的风对你已是一片傻傻的痴情，年年岁岁，朝朝暮暮。

他记得你的一颦一眸，记得你的一开一拢，记得你的来与去、悲与乐、素与淡。他给你写过无言的情书，给你唱过嘹亮的山歌，给你召唤过星辰以及日月的光。

你却在颤动，有些爱是深藏心里的温柔。你无法说清，对于风，你是爱还是不爱？

前世，你或许在佛的手心许过下世的誓言，虽为花，但不为情所困。

所以你素雅，所以你离群索居，所以你冷漠，所以你无视风的真心。

这或许也是一部传奇。

你用渐次枯萎的背影，透过竹篮，目送依旧青春的风。

有些爱无须浓烈，淡然处之，心静如水，沉默亦是一种爱。

离去吧，离去吧，一切都随风飘散吧。

茉莉——

你可知生命即将终结在这短暂的旅途后？

你可知火的剑子手已为你准备好刑具？

你可曾后悔无法拥有一日的小爱情？

你展开所有乳白的花瓣，用仅有的力量摆出最后美丽的姿势：我知道，但我不后悔。

五

最终你走到了火盆之上。

熊熊焚烧的烈火之上，静坐，打禅，观世。

你面无苦色，嫣然笑之，就像一尊幸福的佛。

无论明火暗火，无论煎炒烘焙，无论日和月、阴和阳颠倒或是旋转，都与你无关。

你只关心自己磨炼后人们是否喜上于脸，是否将你放至白瓷或者青瓷上继续下一个宿命，是否有更为明净的水来为你斋浴，让你成仙，不再受轮回之苦。

一把锈红色的铁铲把你翻来覆去地折磨，你默默忍受，想象自己是凤凰，用涅槃的神话医治自己身上的伤。

一遍一遍，一上一下，晕眩里，你只愿烈火再猛烈些，烧去自己，烧去人世间的淫邪、卑劣、肮脏，以及无数的迷惘与苦难，愿这一切焚烧干净。而后剩下最美最美的自己与最善最善的人间。

终于，漫长的苦痛过去了，茉莉——

你涅槃而出，如新生的凤凰，带着新的香气，在经过了花香养护、茶坯处理、窨花、起花、复火、提花、匀堆、装箱工序后，抵达檀香木上，抵达精致的杯具上，抵达无数期盼的唇上，也抵达了你自己生命的高地上。

一切静止，你坐于杯中。

茉莉——

你是坐在莲花之上。

这一刻，你成了真正的佛。

兰亭序

一

水上书，一切太匆匆。

或许只有那刻，一座会稽山才能背下一首千年诗。

千年之诗，余味千年。风月太薄，墨香太浓，刺得一纸乾坤甘愿留出一方云水，浸润众生，明朗万世。

行笔刚劲，松柏的骨头坚硬。

行笔柔韧,江河的肌肤水嫩。

刚柔并济,砚台涌露清流,宣纸腾出青龙。天光散开。

悠远的山水,是桃李蜂蝶无法言说的意境。信手携梦来,风一吹,成了横、竖、点、捺……还有一折,来自灵魂摆动。

只轻轻一挥,烟霞之下鱼群游开。解不破的人生,有了各自去向:

或左或右,或上或下,生死中央,浓浓淡淡。

《兰亭集序》,成就了永和九年。一个节日,开始拥有自己的归属:

盛大、浅白、张皇、笃定。倾泻纸上的思绪,凝在一方碧湖里,有是非,有生死,有冷暖。

黑白周旋,人世,一个谜。

二

崇山巍巍,如虹穿梭,时光细织的卷轴,一摊开:

流水桃花,一行一香,抖落而下,浸染峰岚。

暮春里,她们长成最柔情的女人。婉约盛开,与墨摇摆,并随新燕,裁剪笔画。

羊毫已悄然挥动山河的神经。所有的方块字成为尤物。

《兰亭集序》,站在无数目光中,锤炼成型,拥有骨架和信仰。那舞动的姿态,若飞天的神女。那扬起的水袖,若江南的烟雨。

流觞曲水,古筝和鸣。那一个早上的芭蕉,全绿了。

苍翠岩伫立的孤独,被茂林和修竹遮盖。天朗气清,惠风和畅。那么多的人举起酒杯,喏,趁着好天气、好风景、好字画,干了,这一杯的山水! 饮出一个东晋的风骨,虚掷苍茫。

琴、瑟、箫、笛,一一弹落生活。一只白马在心智的细缝里经过。

时光成为透明的鱼,从酒中游过,挟带走深浅人生,不着痕迹。

干了便彻底饮尽,岁月不会为一杯酒而回头。

三

在风中,抚慰苍白的柔嫩。那绽在纸上的深渊,是哲学的头颅,临崖垂思。

以炎黄为起点,人活于世,沧海一粟。无法称量的青史,太重,人的个体,太轻。一笔墨下,人世便添萤火新霜。

夏商周如烟出岫,子规的叫声啼破春晓,青铜从炉火中涅槃,铿锵的打造声,远了。

轻盈之字——悬空,用即将降落的方式断定,无为只是短暂的漂浮。梦里走失的蝴蝶,最终还是归于泥土。任何一朵木槿花叶不能颠覆宿命,说开就要一直开,说美就要永远不谢。

昂贵奢侈所寄予的遥远,终究无法抵达任何一个春天和岛屿。

这是思想的精致,从水墨的根部,生长出冷静的植物。

一株株蔓延——

宇宙之大,人类的脚步始终走在弦上。

品类之盛,争夺生存的战争从无止境。

一脚一高空,一步一悬崖,一仰一日月,一俯一河山。

砚台与水雾重叠,晕散的目光,轻轻浅浅。

一只羊毫只能摘取一个视野,而不是一个世界。

四

兰花盛开,亭亭玉立。一千七百年单薄的转身,人雁南飞。

生死系在风月里,只一眼相望,断了车马红尘。芭叶萧萧,又能被雨湿打几回?

《兰亭集序》,每一笔噙着透明的泪。

时光慢慢地蘸,金勾银画,拥有兰草的品质。一横一竖,一撇一捺,在空谷中藏匿遗世的独立。

临溪而生，望春而开，弯折的躯体却一定要笔直挺立。如傲世玉石，不迎合，不奉承谁哭谁笑。

心事密缝纸上，背对人间案几，随墨悄然轻滑向背影和远方。

古今延伸开，人世旖旎绮丽。人面桃花，净瓶杨柳，终抵不过虚诞妄作。

这是神明空空的恩赐。若百鸟的羽翼纷纷而下，却在半空消失踪迹。求索信仰的人，空等一世，终期于尽。

墨里，他们写一生起承转合、悲欢离愁，却在水里灼伤了黑。

命途修短随化，而墨香不退，空留余味。

一个人字，要誊写多少遍才算究竟？

五

云白，天蓝。

长纸游弋出人生浮华。一尾尾清秀的黑锦鲤，跟进羲之的目光。在山水间做一回停顿，忘了龙门的方向。

终于还是起风了。竹动，云开。

兰花摇摆着身子，那飘出的素白，莹润中的青绿，解答了全部的疑问：

无声便是有声，默然亦是回答。

人心应如白纸，洁净单纯，没有高墙、密林、深渊、汪洋。它只应是清澈的溪流，钴蓝的天空，与自然的内涵，平静地交流。

一死生，齐彭殇。

酒醉今朝，墨写今日。此刻只属于此刻。昨夜星辰、明日黄花，是生活在别处的影子。虚伪的表象，离现实还要进行漫长的认证。

行云流水的笔墨是一壶恬静的月光，发酵出的醇香，又凝成风中骨架：

柔弱的笔画有了方块的形状，生命的形状，灵魂的形状。

缘字来回,只清欢才有味。鸟语和晨露,不比丝竹和参茶逊色。

临摹过的山水,剥落成云烟。淡雅的心,如清净的莲。无嗔无痴,无欲无求。

一岚青峰,静观。

一座兰亭,静卧。

一卷长书,静思。

一个人,要用最黑的墨在最白的纸上写一遍自己。

世事无常,得失莫计,宠辱皆忘。

无名的日子,在落款的一刻,有了永远的命名。

《兰亭集序》,写在水上的书。只相看一眼,一生便有灵魂芳踪。

流于墨,止于墨。

银河

一

裂帛的声响,是七色火焰的群舞。

赤橙黄绿蓝靛紫,迷幻的河流摊开柔软的质地。

在一场绚舞飞扬的慌乱里，梦和罂粟的气味相同，布下蛊惑的咒。

时间伸出经纬相交的手掌，触击没有归属的荒原。一种凌乱的原始，顺从自由的声音。

没有强迫和压制，日月潮汐保持各自节奏，花叶的脉络悄然舒张，呼吸，不带一丝污浊。

混元初开，光和黑暗是两把永远敌对的刀锋，剥开宇宙孕育的胚胎，剪掉世界本源的脐带。

在长久复杂的周旋中，天空失去秩序，织女、天狼、猎户……各自点亮歧途者的心脏。

忠、奸、善、恶、神、佛、鬼、怪……无数脸谱压成谜的平面。

银河开始豢养太多情绪和欲念。

风中，轻薄的灵魂飘往高空，看不清自己的过去与将来。

头颅不再是头颅，手足不再是手足，私心和鬼胎互相排挤和占领一个新的国度。

银河像一只疼痛的容器，在无法抑制的流血中，完成一次次的容忍与接纳。

二

一定是发生在某种神示里，反抗的情绪在低处萌动，并努力长出根脉和枝叶。

蓝分离出更多的自己，包括眼、耳、口、手、足，所有填满嫉妒与恨的关节。

不愿活在银河的底端，像草芥一样卑贱，篡夺高贵的地位是潜伏在每个人心中的猛虎。

沉睡在阴谋之上，幼鹿的血液很快流淌而下，只懂内心安逸的群体不配拥有王者的权位。

醒狮在草动中识破脚下被时间怂恿的起义，绿躺在其旁，像草木的意志一样动摇。

白光在当事人的背后，以冷静的目光注视这一切，并敞开沉默的身体和思维，仿佛一个哑巴用接近局外人的身份亲临战争的现场。

银河的裂口此时汹涌着无声的浪潮，一些人的死亡类似无足轻重的水滴，在时间的伸缩之间，消失无踪。

触手可及的悲欢，装满人间的炉子。慢慢蒸腾的浓烟，是一个粗糙的过渡。

三

甘愿听从宿命的人，和死亡中的寂静没有区别。

朱红色的梦境被身体之下的幽蓝惊扰，像侵入内心的毒，在时间的步步紧逼之下，弥散恐惧的气味。

险境中清醒的人，注定用一场拼死的较量，将弱者的身份还回。

蓝和紫，联手的阴谋家，没有料定，这场反抗到最后，是以自己卑躬屈膝的姿态而结束。

洪荒之后主宰者定下的秩序，终究无人能够篡改。

所有没有得逞的阴谋，都像逃荒的瀑布，哗啦巨响，顺势流下，如分贝调到最高的哭诉，在没有听者的宇宙，加剧自身的渺小与不甘。

如同被命运击垮的人，再也挺不起脊背和胸膛。

一种注视，在骨头里，成为尖利的刺，或者烈焰，燃烧，像一切毁灭之前，自焚般燃烧。

银河没有同情者，薄弱的力量，在浩大的空间里得不到一丝怜悯。

唯一不变的程序、形式，和为存在而膨胀的，是银河继续沸腾的源流。

一切形而上的抗争，都要被打成水的原型，如同无法翻身的命。

四

乾坤扭转,凤凰涅槃。

胜败的角色往往出乎人的意料,万事万物皆有一道神奇的入口。

绿以一次背叛驳回了命运交给蓝的审判,破开红,析出紫,破开定数,析出一线生机。

紫气升腾,夹染着重整旗鼓的蓝,妄图占领红盘踞的地位。

朱红倾倒在谎言里,成为底端的火。

梦境像失血一样被抽走尊严,火像失温一样推向水的原乡。

人性投射在银河中,以绿为中界,分割成两面:善恶、正反、阴晴、冷暖……而梦终究是被现实撕裂的纸张,虚拟的时间给了弱者一次臆想的时刻。

真相背后,错觉像妖娆的花束,招摇。最后风停,沉静。

乾坤不曾扭转,凤凰并未涅槃。

任何轻狂的言行,都不要屈从内心精神的胜利。

现实的獠牙正咬碎单薄的纸面。

有一种醒悟,是在眼睛失明以后。

绿没有作为中间者而存在,紫和蓝,用失败者自慰的方式欺骗了自己的世界。

五

红盘踞的地位,一直牢固得如同一枚钉子。

那是王的肤色,在天宇之中展示人间的审美意趣。

欲望,是这世界诞生的源头之一,滋生出黑色的羽翼和凶猛的风暴,让人类练就飞行之后又一一折翼。

绿是红的附庸,类似嫔妃、姬妾、宠臣的身份。在为着生的过程中,让一部分的自己死。

为这一份赤红的荣耀，星河之下，又有多少人抬高了目光去仰望、谄媚、艳羡、攀比与追逐。

时间为渴望者打开一部分天窗的时候，也关闭了身体中更加接近银河的通道。

来自意识里的蝴蝶，翅膀被黑暗中的大风灼伤。

废墟之上，赤裸的梦来不及悲伤，又要紧随失身的圣徒前往王的高空。

月亮悬在羽翼中，被一种黑暗象征。宇宙尘埃，携带谜一样的身世。

夜色里，那些活在镜中的人，以月光为路线，藏到银河深处。

被斑斓的星光窥探，被一错再错的表象提醒：

人性无法标注出好坏的定义。

银河原本也只是未知的定数。

荒原

一直以来，你有很多话想告诉对这个世界，蓄养在胸口，却总是无法找到一个落脚点。越长大，诉说的勇气越被时间消磨殆尽。

水蓝色的星球每天都在运转，人们行走的步履总是那么匆匆，从深水里跳出来又即刻投入火坑中，机械的面孔，漫无目的地生活。你常常站在十字路口看向他们，在绿灯亮起之前迫不及待地发声，询问方向，他们却不曾回过头来，对你微笑，和你说话，甚至连一个简单的手势都没有。忙碌的时代抽走了每个人热情的骨架和血液，植进体内的是一种冷漠的芯片。

我们走在钢筋水泥的城堡里，每一天都像冬天。时间剥夺了太多人说话的权利，你变得越来越沉默。

小学一年级，学校领导到你班上听课。教语文的是个矮胖的中年老师，她把嘴角翘到最高弧度并提着嗓子问："小朋友，你们说弯弯的月亮像什么？"全班几乎异口同声："像小船！"就你非得接在后面大声说："像豆角！"声音像根刺扎进胖老师的耳朵里，她脸上当场掉下一斤多的粉底。她撑着笑容又问了你一遍，你吐出的还是那个答案："像豆角！"课后，胖老师把你叫到办公室，气呼呼地训斥你存心捣蛋，扰乱课堂秩序。"可是，为什么月亮不能像豆角，我觉得它就是像豆角啊！"你抹着一脸泪花委屈地问她。胖老师瞪着你，没有回答。

那时，你没有见过河，也没有看过海，每天都背着蜗牛一样重重的壳在城市里按照既定的路线行走，自然不知道船是什么形状，跟月亮又有多像。你只知道妈妈每天从菜市场买回家的豆角，形状弯弯的，就像月亮。

小时候，妈妈逛街时总会带上你。有一次，在路上碰到一个熟识的阿姨，你原本想打招呼，妈妈却伸手阻止了你。于是，你疑惑地看着这两个大人，她们擦肩走过，却不再说话，目光愠然，表情漠然，冷到气温降下好几度，每寸空气仿佛都凝固。你问妈妈："前阵子阿姨不是还给我们家送来好多东西吗，您还和她说说笑笑的，怎么今天你们都不说话了？""小孩子家的问这些做什么，大人的事你又不懂。你只管好好学习，否则，就叫你爸把你送到乡下跟农民伯伯种田去。"妈妈用这些话搪塞你，你嘟着小嘴，感觉大人真讨厌。

那时，你不知道成人的世界有多么复杂。他们会为一句话、一个动作耿耿于怀，会为一个鸡蛋、一张纸币斤斤计较，也会因为一个错误、一件小事而恼羞成怒。他们各自规避，彼此隐瞒，以利益得失衡量一切。你俯在窗边，常常看到天上的黑色气流越来越多，觉得那是大人们生气时释放出来的。你托着下巴嚼着那个阿姨以前送你的糖，越嚼越没有味道。

后来，你也逐渐长大，对这旖旎世界存有的困惑也越来越多。它们盘根结错地生长在你的大脑里，开出紫色的叶和蓝色的花，而你越来越不敢问这世界什么，因为你知道，没有多少人愿意停下脚步听你诉说。

曾经，你的好友和一个男生好上了，你问她："恋爱是什么感觉？"而后，好友跟男生分手了，你又问她："你们不是说要一起走到地老天荒的吗，怎么说分就分了？"女孩哭着跑开了。

曾经，你准备好一沓材料去申报某个项目，领导用眼神示意了你一下，并拿出烟盒敲着桌角，说："再等等吧，我觉得这里面还有一个不妥的地方。"你问："是什么？"

曾经，你感觉工作受挫，找朋友到公园里散心，看到池里的鱼群摇摆着尾巴游过，你问朋友："我们这样挣扎地活着，是为了什么？我们究竟要游到哪里去？"

朋友们都说你简直就是一本《十万个为什么》，简直比《聪明的一休》里那个"为什么"小孩烦人一百倍。

"你真是太天真了，有些事明明不需要去问，你却偏执得让人讨厌。"

"再这样下去，世界迟早都会把你抛弃！"

你垂着头，丧着气，摸摸脑袋，还是不明白自己做错了什么。

这个世界充满了秘密，你带着好奇努力地去询问，认真地去探求，结果往往得到的却是他人的愚弄、欺骗、不屑或者嘲谑、冷眼、沉默。于是，你不知道哪些问题该问，哪些不该问，哪些问对了，哪些问错了，哪些人会回答，哪些人不会回答。

我们越来越像哑巴，对这世界，刚要张开口，却忘了自己究竟要问什么。

世间繁花锦簇，我们的内心，却日渐成为一片荒原。

第四辑

站在雨天的屋顶上

少年残梦

秋声

耳畔里住进了这个时节的风。

常常在一种微痛中感受到一团模糊的声音，辨别不清来自哪里。那声似乎从秋叶拍打的深处击来，像掌心的指纹般附着在耳根，开出紫色的花蕊。

然后又常常在梦里闻到这种花的香味，是凝滞的气息，幽淡神秘，是很远很远的旷野或者深山的味道。那些被野火点燃起的细碎枝叶、昆虫遗体，酥脆的声响，触碰着秋日末端的根部。

无尽的山、绵长的河、远村、点点明亮又顷刻熄灭的火，从墨染的虚像中抽离而出，逐渐变成一张现实的图景。

葳蕤生光的莲叶，在静谧的山脚，摇荡成年少时孩童清秀的模样。

青山绿水间，涟漪晃动着水上的褶皱，渔船上雾色的身影渐次清晰，撑开的柳荫重重倒退，镜子上清澈的倒影，呈现出瓷一样的光。

他在那，唇齿微启，要发出第一个音节。

白鸟扑打着翅膀飞进雾色里，梦顷刻静止。

自己清醒时，天花板摇晃着窗外繁杂的树影，手机在台灯下震动，发出沉闷的音色。带着无奈的心情指尖划开解锁键看了看信息。

是鹿娅的短信——

"早上好，顾故学长，这周末说好去旅行的，你准备好了吗？"

随后她又发来一条——

"我太高兴了，想到要和顾故学长去旅行，一整夜都没睡好呢，哇，等会儿如果被学长看到黑眼圈了，怎么办？"

突然觉得口中异常燥热，昨晚搁在案台上还没喝完的啤酒索性又咽了几口，分外苦涩。指尖对着宽大的手机屏划了几笔。

"等会儿见吧。"

"嗯嗯，好的。"

短信发出的图标刚消失不到一秒，新的一条图标便又出现了。我怀疑鹿娅是不是已经猜测到我要发什么了，她便提前写好以待时机？

说起鹿娅，她是我大二时结识的女孩，读音乐系，家境优裕，比自己小一届，长卷发，活泼，声线清新，犹如绮贞。她站在我面前时，身上白色的裙摆在风中微微抖动，明丽的笑容更像洁白的花朵，发出晴天里刺眼的光。她说："顾故学长，我听说你的水墨画画得很漂亮呢，有时间可以向你讨教一下吗？"我点点头，眼睛发出同样的微光。女孩笑着，脸颊抹上一层桃红般的羞涩。

后来很自然的，鹿娅常来找我说话、谈笑，或者让我教她画画。她总是背着一个画板来到我面前，拉着我的衣角，不时撒起娇来。后来不知是被鹿娅搞得没辙了，还是自己渐渐接受她了，鹿娅不知不觉间就成了我的女朋友。她热情地爱着自己所爱的男孩，不停地发短信，煲电话汤，一小时，两小时，在深夜漏风的宿舍走廊上，很清脆的笑声，像窸窸窣窣的虫鸣。她说,顾故学长,你要快乐,做你女朋友了,最想要的就是学长的微笑了。

可是很多次,我只是沉默地站在电话那头,没有对她作什么回应,耳畔只有风吹过一阵,又吹过一阵。

我对鹿娅的好感其实还有点自私,或许是因为她的名字与我的过去有着某些牵连。遥远的鹿亚山,在这座城市的北端,终年被雾围困,而鹿娅一无所知。

我对鹿娅的冷漠有时是说不清的,自己都捉摸不透。或许是来自于这座不断疯跑中的城市,白昼的车水马龙,深夜吧台里的纵情狂欢。一切都在挑衅我廉价的身份,我不甘匍匐在任何人的目光之下,我相信自己与生俱来的画功不比这座城市里的任何一个画师差。但每每到画廊、展厅自荐画稿时,得来的总是一群人的不屑与白眼。我讨厌这感觉。内心自然失落,如一方无法估测的深崖。告诫自己,被人否定一次,便更要努力一次。

不甘成为这个偌大的世界里渺小的角色,纹络如刻的掌心一定要握着羊毫运转自己的走向,如墨散开又聚拢,我要绘出自己内心的风景与画卷。

但基于平日对鹿娅的愧疚,想要填补一下两个人太多的空白,我说:"周末带你去看一座山,与你名字谐音的山,鹿亚山,在这座城市的北端。"

鹿亚。突然之间似乎变得异常遥远的名字。

常常想到耳朵里住进的声音,应该来自这里。

显然是秋末了,天空变得愈加高远,光线在树梢间停靠,投射下岁月的锈斑。枝丫上停留着寒鸦的啼鸣,叶子焦灼而下,在古街的青石板上翻转,进行最后的一丝反抗。

黑瓦白墙的古镇自小便是我骨子里的家园,我在纸上所作的图景其意境也都取自于这。街巷上孩童在道路两边嬉闹,偶有一些野花耐住寒气与寂寞在角落里开着,一点点的鹅黄、淡粉,常让人忘记秋日的萧瑟。女人们提着篮筐从远处的石桥下走来,脸上都是清淡的笑。篮筐里是自家的印花衣物和一些床罩被褥,满满地提在手中。

青山如织,却在隐隐的雾气里看不清面目。一些云鹤从雾中飞出,斜斜地划入更高的山顶,若逝去的时光找到了归处。

鹿娅微微跳动起来,欢喜地指着前头,问我,"学长,那就是鹿亚山了吧,好美呢。"

我眼角微笑,点点头。女孩这下笑得异常灿烂。

已经是傍晚了,两个人便找了旅店住下。老板是和气的中年男人,一进店,便叫伙计从我们肩上取下物囊拿进客房。我在年轻伙计取下包件的时候,特意交代他要轻放物品,他低头应了声好。声音隐约间有些熟悉。稍后过了些时辰,老板便亲自端来了一桌酒菜,嘴上念道:"都是小镇菜肴,比不上你们大城市的山珍海味,勉强吃些哦。"

我看着老板,那是个谢顶的中年男人,即使带着小帽也难以掩饰他发光的额头。我说:"我是从南边的城市来的,但我也是从这里走出去的。"

老板嘴角僵持了一下,尴尬地笑着,"小伙子说笑吧。"

鹿娅没顾及我们说话,夹了些排骨、鱼块到我碗中,然后突然像感觉到了什么,很惊讶地看着我。

我说:"不骗你,我来自这里,鹿亚山。"

店中的伙计此时从客房下来,在楼梯口望着我,若有所思。

他是个消瘦的男孩,不高,眼神透出坚毅的光,似乎能够驱散鹿亚山终年不散的雾气。

客房很是素雅,木质的床板、柜子、梳妆台和衣架,镜子擦得很干净,连一丝水渍也没有。案台靠着窗户,黄昏锈色的余晖射进来,把屋内浸染得更为静谧。窗外向远望去，便是鹿亚山了，以及它外围那一件仿佛永远拆卸不下的雾色帘幕。

鹿娅靠着窗，托起脸颊，问我："顾故学长，这样像古代的女子吗？"

我笑了："笨蛋，古代女子哪来的卷发。"

鹿娅见我微笑，嘟着嘴说："好难得呢，学长，还以为你就是一个闷葫芦的。不过笑起来，真的不一样了。"

我这下脸颊又沉了下去，她也不看我了，自顾自地用手碰着窗檐，好像触摸到了很新奇的东西，又叫住我："顾故学长，来看呀，这是什么？"

柔软的像皮毛一样生长的植物，在雨水之后不断茂盛起来，伸手摸去，竟有些湿润的露水落入掌中。

"这地方常下雨，这些是雨水过后长出的苔草。"

鲜绿而丰润的草叶也在我的梦里常常出现，伴随而来的总是那种模糊而旷远的声音。

峰峦青翠如黛，山脚是悠长而深邃的河流，静静流淌，仿佛玉似的长带，环绕着远山、旷野和墨染似的点点村落。

村上栽植着丛丛的桑树，叶片嫩黄，是初长的模样，连绵向远方，风里起伏不息，若一方油翠的原野。那深处似有笑声而来，伴着枝叶间相互敲打的声响，一点一点靠近，银亮得恰似白花点缀与草叶间，发出细碎的光亮。是年少的颜色。

那少年又从河边撑船而来，支开两旁丰匀低垂的柳荫，神情怡然地渐渐露出清晰的笑容。

白瓷般的脸颊，没有一点杂质，是世上最洁净的颜面。

他抬起头，用臂膀遮住南部的天空投来的青光，然后转到另一侧。便瞧见了我。

他在那，唇齿微启，要发出第一个音节。

"你——"

耳畔被一阵女子的呢喃催醒，是鹿娅靠在我的额头边，她说："顾故学长，我突然睡不着了，想和你说话。"

心内就要看到的谜又变得异常遥远，我说："是不习惯这儿吧。"

她摇头："才不是，是因为第一次离顾故学长这么近，太兴奋了。"

我对他淡淡地笑了笑，随即翻过身，想着一些事情。

此时，客房外传来关节动弹的声响，一道迅速躲闪开的影子打在糊纸上。鹿娅害怕得抱紧我。

"没事的，或许只是野猫从房顶蹿下来。我去看看。"我看着鹿娅轻柔地说，她松开手，又抓住我的衣角，然后又慢慢放开。

我轻轻走到门边，往外探出身子。月凉如水，倾洒进衣襟，有些微寒。树丫在风里随意地摇晃，偶尔落下一些叶子在走道上，并不像有人走过。我这下也放下多余的心绪，小声呼出气来，准备回头关上房门。

这时楼梯口灯亮了起来，昏黄的灯光下，站着他，白天帮忙放置行李的伙计。

"顾故学长，怎么了？"鹿娅见我僵持在原地，便问道。

"没什么，只是想去卫生间了。"我辩解道。

鹿娅便开了房内所有的灯，说："顾故学长去吧，我不怕的。"璀璨的灯光中，室内充满黄昏一般的色彩，鹿娅站在床边，穿着白色松大的睡衣，傻傻地笑着。

这下我便下了楼。

伙计见我下楼，没有躲开，反而走向前来，双手置于身后。

他疏朗地笑着，声音微小，说："你看到我，有没有想起谁？"

我迟疑了一下，摇了摇头。

他把自己清秀的脸颊靠近我，嘴上还是笑意，说："真没印象？"

我感觉到了什么，但脑中很快又闪开了那影子，便再次摇了摇头。

他低下头，良久过后，又重新抬起来，眼神十分坚毅，说："顾故，这些

给你。"

他的双手渐渐从身后伸出，白皙的掌心上握着削好的同样洁白的山药，像玉石一般清丽。

那个梦境中撑船而来的身影，似乎永远看不到面目的少年。

那个唇齿微启，即刻便要发出的谜一样的声音。

来自这？

他没有任何回应地转身走开。

我怔怔地眨着眼睛，手里捧着幽香的山药。

"顾故，这些山药给你。"

春岸

仿佛一夜间泻下的，鹿亚山的流水注满了所有与生长有关的年岁。那些在兰泽上盛开的小花，也是一夜间被催开花骨朵的，朵朵白玉般剔透，四周松泥筑成的堤岸缓慢地往后倒退。

在高墙上随风舞蹈的花枝，青青翠翠的叶子，风中开始有了沙沙的声响，还有院落间恣情盛放的兰草、虞美人、凤仙花，相互抚摸着花瓣，一副不舍不弃的模样。一切的一切似乎都被时光擦出美的印记。

这座青翠而终年被大雾包围的山峦，这条淙淙流淌的河流，这一张少年青涩的面孔，一双滴出溪水来的清澈瞳孔，在现实的转弯口又揪住了我，带我往记忆深处继续蠕动，濡湿的从前牵住我的衣襟，紧紧不放。

彭山那时从山上下来，跑到我身后，趁我不注意，扑上来双手遮住我的视野，用变调的声音吓唬着我："我是山里的妖怪，现在要吃掉你！"

我笑着用手掰开他的手："彭山，你别闹，我知道是你。"

彭山搔搔小脑袋："我已经装的够像了，这么顾故还能知道。"

"因为……"我顿了顿，然后伸出手往他额头轻轻弹了一下，"我能听出你的声音，无论你怎么改变。"

"那长大之后，如果我们都离开了彼此，有天碰到你还会听出来吗？"彭山眨着眼睛很认真地问道。

"当然！"我得意地继续说着，"我的耳朵会永远记住你的声音的。"

少年的内心那时还像花朵一样柔软，不知天涯和海角是什么距离，不知今夕与明朝彼此又会身陷何处，只是"永远"这样年少轻易脱口的辞藻给了不确定的未来一个暂时幸福的寄居。

彭山慢慢从我背后走到我前面，拿起颜料还未干透的画纸在新生的阳光中轻轻晃动着。一夜雨水过后，一切又都鲜艳了许多。

"顾故，你会一辈子在这里画画吗？"他看着画纸随口问着。

"傻瓜，我们都要长大的，没有什么会是一辈子。"我甩了甩手中的画笔，朝他笑笑。

彭山的目光显然变得低沉，问："那我和顾故呢，是不是真有一天也都会相互离开彼此去不同的地方？"

我愣住了一会儿，不知要怎样回答，看着彭山有所期待的目光，没有回应，也只是笑了笑，然后从一旁的包里取出新的画纸，往画板上铺开。

有时候，沉默可以代替一切答案。彭山，你知道吗？

彭山是我七岁时遇见的最好的玩伴。

那年父母带着我去外省旅游，在途中暴雨冲刷着世界，一切面目变得越来越模糊。火车意外追尾，我压在父母亲渐渐冰凉的身体之下。不知过了多久，我在磅礴的雨声中和发光的血红色湖泊里被人抱出。我意识清醒起来，看着没有生息面容焦灼的父母，我愣愣得像个哑巴，喉咙努力地发声却无法打开。最后泪腺汹涌起来了，自己不停地大声哭喊起来，挣脱着那双陌生环抱住我的手掌。眼前年轻的父母，永远那么沉寂地睡下。

叔叔将我认领回来后，又因种种原因无暇顾及我，便决定把我送到鹿亚山脚的小镇。

他说："小顾，这里是叔叔和爸爸都生活过的地方，算是你最初的家，你好好待在奶奶身边。长大后，叔叔再接你回城里。"

自此以后，感觉自己像被这世界遗弃的孤儿，无法感知到自己的存在，一阵又一阵的沉默充满了我的世界，脸上暗淡的总像宇宙毁灭前的阴天。我是在那阴天里独自蹲在角落呜咽的孩子，那么细小的声音，谁听见了呢？

来到小镇后，没有什么人愿意和我这样陌生又孤僻的孩子亲切。我只是天天来到河岸前，握着父亲生前送给我的画笔对着鹿亚山不停地画画，幻想有一天自己拥有卓越的画工，把一切都画成真的，让身在另外一个世界的父母也能看得见。

祖父那时也已过世，只剩祖母照看着我。她身体逐渐衰弱，面孔像核桃一样受损干枯。祖母常常抱着我，在日落的河岸边，看层林被烟霞浸染，鸥鹭翔集于兰泽之上。有时她会哭起来，然后从衣带里抽出一块褶皱的手帕擦起泪来，年老在她暗红色渐渐黯淡的眼眶里一览无余，这是生命接近终点的痛楚，一点点闪出最后的余光。

她说："小顾，如果有天阿奶走了，你也能好好照顾自己吗？"

我圆嘟着嘴，假装生气的样子，说："不准阿奶这么说！"

祖母强忍着泪花，笑着，"小顾，阿奶只是说'如果'啊。"

我撑不住表情，抱紧祖母，抽噎着说："小顾绝不让阿奶走，阿奶会长命百岁的。"

祖母用干枯而柔软的手掌安抚着我的脸颊，又抚摸着我的小短发，眼角的皱纹眯了一下，说："小顾是个男孩，要很坚强的。无论哪天身边的谁离开了，你也一定要照顾好自己。知道吗？"

春日的雾水，绣着细小潮湿的针脚，在余晖残照的河岸上，她的眼眶顷刻红透。

我轻轻咬着唇部,点点头。

彭山是在另外一个黄昏里见到我的。那时,我在河畔独自收拾着画板准备回去,他从柳荫中撑船而来,流水摇曳出斑斓的花纹,一圈一圈随风荡向远处。无数只瘦长若草根的水蜘蛛从水上轻巧掠过。

他跳下船来,来到我面前,说:"我好几次在远处都见到你在这里画画了,不知你画的是什么,能把这里面的给我看看吗?"他边说,边用小手指着画板里露出边角的纸页。

我说:"可以,但是,我很快就得回家了。"

他拿过画,一张涨摊开,看了一眼,又一张张迅速折叠好归还于我,说:"这些,都画得很美呢。对了,你住在这里吗?"

"是的。"我回答,"那你呢?"

"我也是,但我没有家,我是这个镇上的孤儿。"

风同河水一般沉默地流经,时间静静地从黄昏踱进了黑夜。

丛丛草叶后,传来苍哑的老人声音。祖母站在远处的房屋下,唤我:"小——顾——"

寂静的鹿亚山也像有回声一般响着:"小——顾——"

"对了,我叫彭山。你呢?"

"我叫顾故。"。

"再见。"

"嗯。"

少年又敏捷地跳上那艘已经十分陈旧的船,撑着破损的橹杆渐渐远去。我能看见他清秀的身影有一刻的停顿,站在船板上,伸出细瘦的臂膀,向我挥手告别。

"我是这个镇上的孤儿。"

你是不是知道我也和你一样是这世界的孤儿,所以一开始就和我这么说?

我们的气味,闻过去,是那么的相像。孤单、落寞的花朵,命运给我们设计了不幸,还会给予我们宠爱和眷顾吗?

之后每回我在河边写生的时候,总会遇到彭山。他笑容明澈,瞳孔里尽是流水的干净,没有一丝阴暗的杂质。

他说:"顾故,你伸出手来,有个东西给你。"

我放下画笔,递出掌心。他从背后抽出手掌,手背清晰蜿蜒着青蓝的筋脉,在薄薄的皮肤下凸起。手掌上是一团嫩白色的植物,发出清甜的香气。

"顾故,这是我晨起时到山上采的,给。"

"是什么?"

"山药。"

我捧到鼻翼前闻了一遍,很清逸的味道。白如玉石的花草,在这青山绿水前闪出柔软的光芒,若高空中巨鸟飞落的翎羽,降入凡尘。一丝一缕,如风中不断散出的青烟,在世事中抚慰每个人心中受伤的核。

祖母闲暇时,我问过他关于彭山的事。

他的父母早年在村中像平常农户一般耕织,生活虽不富足,但也过得安稳。但有一阵不知是从哪听得风声,说南端的城市里很少有人卖山药,而在鹿亚山上满山遍野都能采到这种植物。这下夫妻俩决定先带着部分山药进城看看,并把彭山先交给村人照看一段时间。后来不知过了多久,两个人音信全无。村中便有人说彭山的父母因卖药的事与城里的人起了争执而被关押,有的说是夫妻俩抵御不住都市的诱惑又改行做了些下贱勾当,也有人说他们二人挣了一些钱后在途中被匪徒瞄上而毙命。那时彭山不满六岁,整日在村中奔跑,哭喊着父母。村人见他可怜,便把河岸边一艘破旧的渔船交于他使用。

彭山就此住在了船上,成为鹿亚山脚下最孤单的孩子。但他心性依旧干净善良,年纪小小,却常帮村人渡河、捕鱼或是采山药,宛若河流上流淌的清波,村中老叟对他甚是喜欢。

"这孩子,可惜了……"祖母讲完彭山,眼角湿润起来。她从兜里掏出绣花的手绢擦拭了一下,然后看着我,说:"小顾,你不要难过,你还有阿奶疼的。"

彭山,我们的身上是不是都有一根别人永远看不到的黑色的刺芒,它扎在我们内心深处,开出硕大而浓郁的疼痛,不断催促自己要更为坚强地成长,在离开了被人疼惜的目光以后。

"顾故,我不难过了,很多黑暗的时光,我已经习惯了。"

这是彭山站在鹿亚山的山顶时对我说的,那时他还用手指着弥漫在山中的雾气说:"总有一天大雾会消失的,顾故,你相信吗?"

我点点头。

那是我第一次爬到鹿亚山的峰顶。云层环绕,村落隐隐现出细小的点,道路上的车马若蚂蚁般爬行,视野里是开阔的云烟,恍若仙境。我跳跃起来,用脚板叩响终日遥望的笔下山脉,叫喊着:"看,看,那是鹰吧,飞得好高,是飞向南部的天空去了。"

彭山没有说话,像最初在河边时一样,他站在我身后,伸过手来,清凉的手指蒙住我的眼睛。他说:"顾故,我不想让你离开。"

柔软的手指轻轻遮在睫毛上,飘出沿途采撷山药时留在手中的芬芳,一点点浸入少年成长的骨骼中,成为时光美丽的标本。

我说:"山,我会一直站在这里。"

他笑着又一次脱开双手,放在嘴边做着喇叭状,对山喊:"顾——故——"

"顾——故——"

"顾——故——"

一遍一遍,是山的回音。

夏别

清晨,苔草愈加繁茂起来,在南方,秋天并不意味着万物需要彼此间缓缓告别。很多葱绿的植物依旧占领枯槁的岁月。

屋檐滴着露水,清脆地落地,那声音仿佛——能被数出。可是有些故事有些迟迟无法放下的过去是睡去了,还是又渐次苏醒?

我忘记昨晚自己是怎样睡去的,脑中嗡嗡鸣响,年少深处的画面不断被抽出,又不断被撕裂。

突然起身,打开包中的画板,从夹层里慢慢取出那张显然已经泛黄的纸页。

"唰——"画纸滚落在案台上。

鹿娅此时好像被声音弄醒了,在床上侧了侧身体,看着我。

"顾故学长昨晚什么时候回来的,是在我床上睡的吗?"

"嗯,见你在我这睡着了,便没喊你到自己床上去。"

我一边说,一边匆匆收起画纸,迅速地又放回画板里。

"那是什么呢,顾故学长?"鹿娅在我背后慵懒地打着呵欠,问道。

心上惊了一下,"你说的是这画板里的吗?"

"不是,是想问顾故学长桌子上那团白色的东西是什么?"

"哦,那是山药。旅店的小伙计送的。"

"啊?他送的?顾故学长认识他吗?"

我愣怔了一下,转过身,对鹿娅轻轻地说:"有点印象,但不太记得了。"

"顾故,如果有天你离开了,多年以后还会记起我吗?"

"嗯,会一直记得彭山的。"

"真的?"

"真的。"

彭山，原谅我多年以后，不能一眼辨认出你的模样。我不知道为什么当自己再看见你的时候，内心竟然是这么陌生。

时间是不是改变了我们什么，比如对这世界的情感、认知，内心逐渐和社会贴近的欲望，及一条自己看不清楚却蹒跚走去的远路。

或者，仅仅只是我变了。而你，还是那个在往事里荡漾的清澈少年。

夏初美是在那年夏天刚刚到来的时候，同她爸爸一起来到鹿亚山的。

他们来自南端的城市，她爸爸是个植物学家，带着黑框的眼镜，脸上十分严肃，是个很沉默的人。每次上山考察时他都要背着一大堆的包，装的是放大镜、《植物百科》和一架单反相机。

初美不喜欢和他爸爸到深山去，所以我们常常能够在小河边碰到。

那时我和彭山都十岁了，初美是九岁。不知道为什么初美却和我们一般高，长得也很漂亮，梳着两条羊角辫，大眼睛，长睫毛，脸上和他爸爸不同，她总是笑，声音很甜。

彭山第一眼看见夏初美的时候，就偷偷和我说，村子里没有哪个女孩子比她漂亮了。他说完，脸上总是一阵通红，像飘荡在鹿亚山上空的云霞。

初美常常在河边看我画画，有时帮我清洗砚台和羊毫，或是帮我取来一瓢清水。那水清清冽冽，溅落在鼻翼间，能闻出甜甜的味道。羊毫浸在其中，如一朵饱满的黑色牡丹，不断地绽放，散开，粗细不一的线条又延伸组合出各种柔软的斑纹，像我们那时还无法说出的未来的形状。

初美问："顾故，有人教过你画画吗？"

我举着画笔，朝着空白的纸张一点点落下："没有。"

"那顾故以后可以到城里去，我爸爸认识很多画家，他们可以教你的。"

初美很得意地和我说着。

我摇摇头："我不会去南端的城市。"

"为什么？"初美有些失落地看着我。

这时彭山的船已经靠岸了,他从船上很敏捷地跳下来。清瘦的身体在水上闪过一道明亮的影子。

"初美。"我轻轻在初美耳边说,"千万不要在彭山面前提起南端的城市。记住啦。"

初美很好奇地朝我看看,又把目光放到彭山的身上。

她不会知道少年身上那一条流淌着无尽悲伤的河流。

彭山笑着,常常邀我们上船,然后他摇着橹杆带我们渡河去对面的鹿亚山玩耍。我们满山遍野地奔跑、呼喊,缭绕的云雾中,世界愈加不觉得有过清明,感觉时间无边无际,感觉自己是在梦境里栖居。

有时遇到夏日突如其来的滂沱雨水中,脚下踩过的泥地和大小突兀的石块被流水冲刷。冰凉的雨水在鹿亚山的山体上流泻而下更显得阴冷。我们跳跃在潮湿而斑斓的落叶丛中,看浅紫粉白的野花花瓣簌然落下,溪流迂回转折,无可抵挡。

"雨水真的能冲刷掉一切,包括过去？"

淋湿的面庞里,有个微弱的声音被风吹远,我们都没有听清究竟是谁在说话。

河池里莲花摇曳,葳蕤（wēi ruí）荡漾,鲤鱼不断跳跃其间,涟漪一圈一圈荡去。

形同无数双模糊的瞳孔,看着岸上柳枝间抖动的鸣蝉,想到一种瞬间之后的消失。

初美是在夏末离开的,临走时她来到河岸,对着云深之中的鹿亚山站立许久。她没有说话,只是用手摇摆着垂到两肩的羊角辫。它们在女孩的小手上不断憔悴卷曲下去。

我当时在她身后，试图叫她，后来又阻止了这种想法。

人在悲伤之时需要足够的冷静，想清楚了很多事情，也就不会那么悲伤和忧郁了。

是她先转过身的，她问："顾故，你那天究竟画了谁？"

我笑笑："以后如果再遇见你，我就把谜底告诉你。"

她摇了摇头。

我走向前去握住初美的手："不管我画的是谁，你们都会留在我的生命里。画上的那个留在纸上，没画上的那个留在心里。"

初美笑了，眼睛却湿红起来，然后抱住我："顾故，我也不想离开你和彭山，不想离开这里。即使回去了，我还会不断想起你们和鹿亚山的。我要在梦里再次来到这里。"

我伸手擦去她脸颊上的水花，这是幼童时我们最干净的安慰。

如果没有那天，彭山应该也会来河边为初美送别。但是很多事情发生之后就像射出的箭镞再也无法收回，时间是残忍前行的巨兽，带着冷漠的表情与眼神。

那天，初美从岸边的兰草间走来，穿粉色的连衣裙，慢慢地像我靠近，脸颊绯红一片。

她很羞涩地喊我："顾故，我有个东西给你，不过你要把这个东西给……"她停住，又凑着我的耳边说了两个字。

我发现在她说话的时候，我的心里发出一阵急促的声响，很剧烈的，像什么果实快炸开了。

"啊？"我讶然地看着初美。她的小脸越发羞红，眼睛朝我发了一下光，转过身便不再看我。

彭山在远处驶来的船上就看到了我们，他很快靠岸，甩了一下橹杆从船板上跳下。

初美对我使了个眼色，我很快把信纸夹进了画板里。

彭山看了我一眼，显然不太高兴，他的目光和以往不一样，但又无法形容出是怎样的一种低落。我不知道他是怎么了。

初美对彭山笑着："过些日子我爸爸就会结束在这里的考察活动了，到时可能就见不到你和顾故了。"

"初美，你要走了？"彭山的眼神更加失落了。

"嗯。要不临走前让顾故给我们画张像吧。"初美说完，看着我。

内心里不知道是被什么触动到了，有些疼，无法拔出，像刺一样扎在神经上。

我轻轻地说："好，不过……"嘴角又停顿了一下，"除了黑墨以外的其他颜料都不够用了，只能先画你们中的一个。"

感觉河畔突然间寂静下来，听不到水声，也看不到青碧圆盘上莲花的摇摆。一切凝固得如同纸页上的那一片空白。只是柳枝上蝉翼抖动出的声响愈加响亮。

我们的表情僵持了好久。终于在初美的说话声中打破。

她依旧是笑着："顾故，那你就画吧，我和彭山都摆好姿势，你画一个也行，不过先不要告诉我们你画的是谁，等以后，你再向你画的那个人说出谜底。这样的游戏不错吧。"

我点了点头，而彭山闷闷地没有说话。

都是一张张少年的面孔，在河水的映照下仿佛永远不会退色的脸颊，那样清澈的眼神，干净如同岸边悄然生长的兰草植物，散发怡人的香气。

画完之后，还没等颜料完全风干，我便将画像压到纸板之中，像一个少年时被合上的谜。什么时候揭开，永远并不知晓。

后来是彭山先离开的，他没有再看我和初美，一个人跳上那艘老旧的渔船，向鹿亚山的深处划去，成为比雾还朦胧的男孩。

我那时并不知道十岁的少年是什么时候开始懂得爱的。

也已经渐渐忘了当自己要去南端的城市时，彭山的脸上究竟是不是哭了。

在初美离开后的一年里，我和彭山之间像砌进了一睹异常厚实的墙，两个人都不怎么说话了。有时我在河边画画，他也只是在远处观望了一下，又走了。我时常蛮想开口叫他，但声音还没冲破喉咙又被咽了回去。内心里有两个打架的鬼，我永远不知道他们之间究竟是谁赢了。

那一年，祖母突发脑血栓，在一个宁静的夜晚离开了。

那个晚上，天空的星星很多，我却突然感觉到自己是这世界最孤单的人，不再有谁抱住我唤我的小名，不再有谁说自己还有人心疼着，不再看到那张伴随我长大而年老慈祥的脸，不再……泪止不住地落下。我跑到祖母的房间里，坐在她的床边，拼命地呼喊，试图摇醒她，而她依旧是深睡时的表情，平静而淡然，像预知了自己终究会到来的死。

那一年，我很少再说话了。叔叔重新回来，他把祖母安葬之后，又托人把老宅转卖出去。鹿亚山的一切事情安排妥当后，他轻轻拍着我的肩膀，说："小故，这些年你长大了不少，是时候让你重新回城了。阿奶的事，也不要难过了。很多人来了也是会走的。"

很多人来了也会走的？是不是就像自己和鹿亚山之间的关系？原来生活了四五年的地方，始终也不是可以叫做故乡的地方，一直以来，包括父亲、叔叔以及我，也都只是它的过客。土地给人无尽的保护和慰藉，到头来，终抵不过时间或者物质带来的考验。

是不是只有像祖父母这一辈的人才算是纯粹有故乡的人？他们的灵魂将永远盛放在这里，同花草山水一样成为不会消失的标记，给偶尔身陷迷途之中的人找回一种家的感觉。

离开鹿亚山脚的那天，我带着画板和初美的信又偷偷跑到河边，想看看彭山。等了许久，也没见到少年和他那艘船的影子，只有眼前的山水还像昔日一般熟悉，我挥起手朝它们轻轻作别，接着灰溜溜地回去了。

望着车窗外不断闪动的风景，我也能感受到夏初美那年夏天离开时的心情，会有多么的不舍，她应该是带着满脸的泪花走的，而不会再像往常那样笑着。我突然想叫坐在前排开车的叔叔把车开慢点，刚一张口，表情就定格住了，最后还是放弃了这念头。

该过去的一切总是要过去的，可是，内心为什么似乎还在等待着什么来挽留呢？

"顾——故——"

那么熟悉的声音，从车后隐隐约约传来，又迅速地消失，然后又变得渐渐明亮起来。

是彭山。他拼命地在车后追赶，不停地奔跑，试图想努力地把我们之间的距离缩短，可是，被时间推开的河流怎么还能并流？彭山，你怎么这么傻。

"顾——故——"

后来你没有再跑了，车子越开越远，我始终也没回头。我只是在后视镜里看到你站在那里，站了很久，终于你模糊得只成为蚂蚁一样即刻消失的点，那么固执地站在那里。我紧紧抱住信件和画板，喊了声，"彭山，再见……"

你没有听见。

"顾故，我有个东西给你，不过你要把这个东西给……"

"彭山。"

那天是不是一开始就要告诉你，藏在耳朵里的这两个字？

这样，我们会不会都好受些？

冬离

雨水不知道是什么时候侵入这座南方冬天的城市。窗玻璃上塞塞窣窣地落着不断斜坠下的雨点,远处是城市即将合上的幽暗的灯火,无尽的街道,打着空车灯的计程车疲倦地缓慢移动。已经是深夜时分。

我一个人睡在校外租的寓所里,世界仿佛空空荡荡的,便又想起一年前在鹿亚山寄宿的场景,这下翻来覆去也睡不着了。

现在的一切,包括住房、工作,甚至是穿行,基本上都是鹿娅的父亲一手安排的。大四后期我决定在这座城市里工作,鹿娅知道后便要求她父亲托人把我推荐进了市里的艺术馆,整日只是坐在办公室里负责展厅字画的信息核对及展览的时间安排,十分清闲。房子也是鹿娅的父亲找的,说这里靠近市中心,交通便利,单位有急事的话也能及时处理。

我很感谢鹿娅和他父亲,但总觉得这一切来得太过顺利,而自己内心里似乎缺了些什么。

寓所的钥匙,鹿娅也有一份。她经常晃着手里的钥匙,朝我笑着,说:"顾故学长,如果有天你把钥匙丢了,一定要告诉我哦,我会及时来开门的。还有,如果顾故学长在这个房子里做了什么不好的事情的话,我也会看见的哦。"她依旧是一年前的那个女孩,单纯可爱,笑声明亮。

很多时候,她也会买来早餐,送到我房间来。见我未醒,便在一旁傻傻地看着,或者凑上来轻轻吻我一下又迅速逃掉。

醒来的时候,雨还在下着。侧耳倾听,沙沙的雨声像小时候和祖母一起养的那些瓷白的蚕虫,蠕动在大片嫩绿桑叶上撕咬时而发出的细碎声响。那些浸在雨水里的记忆总让一些过去的人,近在咫尺。

鹿娅也在一旁,她愣愣地瞧着我,然后伸手轻轻刮了下我的鼻梁,说:"顾故学长睡觉时的样子特别可爱呢,就像小孩子。"

我朝她笑笑,便起身洗漱。

她匆匆吃完买来的三明治和豆浆,就先去上课了。

我穿上一件熨得有棱有角的衬衣,出门往地铁站走去。路上,上班族的步子总是走的异常快速,很多人脸上都是冷漠的表情,和这个冬天很像。三五成群的学生穿着墨蓝色的宽大校服，推推挤挤地相互奔跑着。车站里更是人山人海，现代文明就是从这样一个热闹的清晨开始了。

身旁西装革履的男人怀揣着公文包，一边看着今天的报纸，一边看着穿短裙丝袜的女孩，目光不安分地落在她的大腿上，然后喉管发出吞咽的声音。

女孩倒是很淡然地从烟盒里抽出一根女士香烟来，侧过脸拿出打火机点燃，一头漆黑长发遮挡住娇小白净的脸庞，烟的雾气绕过她低垂的睫毛，她像烟雾里一枚发光的月亮。突然间她转过头来，看了看，目光逐渐从我身旁的男人转到我的身上，一瞬间又停住，并用手掐灭了烟头。

她似乎认识我，欣喜地向我走来，脸上笑了笑，说："你是……顾故吧。"

我惊讶地看着她，发现这女孩竟然是夏初美。她干干净净的长发搭在肩上，仿佛那久远的夏天来时一样。眼睛明亮，还浸润着那年鹿亚山脚清澈的水波。

"初美，你也在这里呀。"我高兴地说，"真是越长越漂亮啦。"

她露出孩提时的那种笑容，狡黠地问我："工作啦？"

我点点头。

"彭山呢？"

我哽咽住了。

"很久没见过他了，你走后一年，我叔叔也把我接到城里来了。"

初美继续问道："记得以前你说过的，如果再遇到的时候，你就告诉我那个谜底，是吧？"

"呃？"

我僵持住了。

"别紧张，顾故。其实，我很早就知道那年你在河畔画的人……是彭山。如果是我的话，走的那天你就会告诉我了。"

望的地方叫作远方

初美压低嗓音，凑到我耳边，用一种轻而郑重的声音往我的大脑中输入。

内心一下子被安上了发条，不断地被拴紧。

我不知道自己究竟在原地站立了多久，地铁车厢的大门似乎开启了很多次，又关上了很多次，身边总是人来人往。恍惚间清醒过来，发现夏初美已经不见了，她像幻觉一样把我带向了很深的谷底，在那无法回头的年少。

之后很多天我都不再去想自己是否真的遇见了夏初美，我宁愿那只是自己白天里做的梦，虽然那梦境如此真实。

我试图把身心全都放到工作上来，主动请求上级让自己整理近段时间以来的大量文件、报表、会议记录，甚至有时也开始给鹿娅打电话，对她说些无关痛痒的风月。我试图用现实来驱散过去。

屋外的空气贴着皮肤，墙角草丛里的花枝基本上都枯萎了，剩下焦黄的面目，让人感受到冰冷。这个冬天，总感觉有什么正靠近自己。

那个陌生的号码终于出现在了手机屏幕上，不断地晃动，我按下接听键。

"顾故。"听到电话那头略微薄弱的男孩声音，"我是彭山。"

号码是我给他的，那日在旅店里，他送我山药，我一下子认出他来了。就在他转身离去时，我上前拉住他的手臂。

我说："彭山，你怎么在这里？"

他略微忧郁地回答我："顾故，我一直不都在这里吗？我不像你们，我是离不开鹿亚山的。"

我半晌没有说话，他又看着我，说："那女孩是你女朋友吧，好好珍惜。"

我点点头，"可是，我……你……你的那艘船还好吗？"

"你们走之后，那船也都不能用了。村里人就把我介绍到这家旅店来了，一直在这干着，老板对我也挺好的。"他的脸颊露出的还是少年时的那种微笑。

时间确实隔离了我们，所以当彼此相遇时也变得异常陌生。我不知道自己该怎样和他说离开这里后自己在南端城市过的日子，我无法和他说每日封顶的高大积木、车马如水的柏油马路、夜夜笙歌的娱乐场所，以及消颓委靡的大学生活，那一切离他都那么远。

良久过后，我也只是从兜里拿出一张名片给彭山，说："如果有天到了城里来，就打这上面的号码，我一定来接你。"

他点点头，然后轻轻脱开我的手，笑着，转身消失在了夜色之中。

火车站拥挤的人潮不断地向前涌来，我拿着手机四处寻找彭山所说的位置。

他安安静静地站在西边一个破旧的出口厅门前，伸出双手呵气，模样似乎一直没变，还是记忆里那个清澈的少年。

我快速地走过去，在靠近他的时候突然又放慢了步子。彭山也看到我了，很高兴地朝我挥手。

"到我寓所去吧。"我一边拿过他的包一边对他说。

他摆摆手，"不用了，我要回去了。"

"回鹿亚山？你不是刚到吗？"

"不是的，顾故。其实，我已经来了几天了。我就是想看看这座让你们都这么舍不得回去的城市究竟是什么样的。现在看到了，我想自己是时候回去了……不过，临走时想看看你。"

我有些失落地看着彭山，而他还是一脸明朗的微笑。

"那我们就到邻近的地方坐坐吧。"我提议。

彭山点点头。

我请他到车站附近的咖啡馆喝咖啡，其间便聊起这座城市的发展、自己的工作、住房的紧张、喧闹的街区，而他只是沉默地看着我，用勺羹轻轻搅拌着咖啡。我意识到这些话题离他是那么遥远,于是便又聊起火车票、旅行、鹿亚山,甚至聊到了自己已经很少再去回想的年少时光。

突然彭山停住手里搅动的勺子,目光不断抬高,聚到我的脸上,说:"顾故,你知道吗,鹿亚山的雾气到现在还没散去,而你,还会回去吗?"

我说:"彭山,我们都长大了,不再像以前那样了。很多东西已经回不去了。"

彭山没有说话,目光变的黯淡起来。

"本来今天想接你到我住的地方去的,有个东西其实很早就想给你了。"我装作不经意地说。

"我知道。"彭山脸上笑了笑,"是那张画吧。"

"画?你还记得?"

"嗯。一直记得。"

"对了,彭山,我要告诉你一个秘密。"

"顾故,我也要告诉你一个秘密。"

咖啡馆墙壁上优雅的石英钟顷刻间似乎停止下来,喧嚣的人声也渐渐听不到了。世界在这样的时刻里像凝固了一样。

"彭山,其实初美那时候喜欢的人是你,她要我把一封信悄悄转交给你,可是……我……"

"顾故,别说了,我知道……那天在旅店放行李的时候,我看到了小时候的那个画板,我知道楼下的那个人肯定是你,所以……我……也看见了那张画像……原来,你……"

是梦中的少年,在鹿亚山缭绕的云雾中撑着长篙翩翩而来。

山峦寂然,如同匍匐而睡的巨兽,落着安然的鼾声。

葳蕤下晃动着涟漪,那漂来的渔船上雾色的身影渐次清晰。

撑开的柳荫重重倒退,镜子上清澈的倒影,呈现出瓷一样的光。

他在那,唇齿微启,要发出第一个音节。

"你——"

"顾故，你为什么那么在意彭山？"

"因为，他是我最好的朋友。"

"真的？那我呢？"

"初美，你也是。"

小麦的绿光森林

　　小麦失踪了，这是我从她家楼下经过时作出的判断。没有人告诉我这个傻姑娘去了哪里。

　　那天雨水漫过了登宁街道亮白的瓷砖，夏末即将在一条瓢泼的尾巴甩开以后走向尽头。我撑着一把蓝色的伞，并用另一只手抱着大型的泰迪熊准备送给小麦。翠色的藤蔓叶子茂盛地攀沿着她家的墙壁，雨中是滴绿的时光，在偶尔的风吹之后翻转过浅浅的灰白色，一直蔓延到她二楼卧室的窗台上。

　　这一天雨水漏进小麦的房间，窗子战战栗栗地摇晃，时而发出咣当的声响，像被砸碎的秘密，有着让人惊心的畏惧。我刚想朝着窗子喊她的名字,丁默就从二楼探出瘦削的身子来,没怎么搭理我。他抬了抬眼镜,把窗子紧紧关上,并拉过粉色的窗帘。小麦的卧室成了密闭的盒子。丁默的表情像冷硬的坚果,即使泡在暴雨里也依旧打不开果壳。今天他更是冷漠得逼近一阵风,不过如霜的面容下却也无法遮掩一种汹涌的失落与痛苦。

我试图像之前一样在手机上一个键一个键地按下她的号码,听到的却是这几天不断重复的,对不起,您拨打的号码已关机。内心开始出现一阵急促的慌张,手心在雨中抖动,像悬于疏朗枝头上的叶片,风中有不安的摇摆。以往在黄昏的高空所看到的飞机似乎撞入脑壳里,整片耳膜都充斥着螺旋桨的声音。轰隆隆。

从前,小麦总会在敞开的窗子边坐着,望望澄澈的蓝天,又听听燕姿的歌。她穿着稀薄的粉色裙子,手臂和大腿露出来的嫩白部分总是很美好地让我想到柔软的棉絮与纯白的玫瑰,而不是有关情色的任何片段。她看到我时,总是兴奋地招手,大大的眼睛里是一汪深情的足够将人淹没的海水。小麦如同一只绵羊,我一直都这么觉的,包括她的样子和声音。她说,苏寒,我这就下楼,你要等我。我微笑地点点头。

可是这次这个傻姑娘不见了,像做着一场我永远也抓不到的迷藏。雨中脚踝微凉,我用颤抖的手指把过塑的熊仔放到小麦家的门口,轻轻地说,麦子,我彻底被你打败了。不管怎样,今天是你的生日,一定要快乐。

我转身的时候,街道上的雨水又加深了层次,刚好漫过球鞋面上的气孔,堵塞了一部分血液呼吸的可能。隐约间感觉身后的门开了,一个人抱起门口的大熊公仔正静静看着自己,但我没有回头,而是直向着更大的雨里走去。我希望那会是我最亲爱的麦子。

周晗在宿舍楼道里像一道墙那样站着。他看着我,说,别去找小麦了,她不会再跟你了。我听着他说话就纯当是从窗外吹进的水雾在耳畔散开，没有回应地自顾自进了寝室。

苏寒。他走过来拍了一下我的肩膀。我推开他的手，冷冷地看着这个叫周晗的男生，不用你管！一字一顿吐到他的脸上。一个人便转身把室内的门迅速反锁过去。乳白色的门框将两个世界的光影隔开，我听到一声轻轻的叹息。也许是周晗的，也许不是。我不想去猜。

其实，我也不愿这样对待周晗。要知道，曾经的我们还是最铁的哥们儿。他可以在我上课迟到挨任课老师批的时候用班长的身份替我开脱。可以在英语考试中机灵地躲过监考而迅速地发答案到我的手机上。可以在寝室熄灯以后和我彻夜长谈卡尔维诺和卡夫卡，直到自己是什么时候睡着的都不知道。可以在自习课上无聊的时候拉我出去沿着操场疯狂地跑上几圈，大汗淋漓中又奔到小卖部拎了几罐可乐，然后大口大口地灌着。二氧化碳充斥我们的喉管，青春似乎也在不断自由地上升，快乐地飞扬。

可是，随着高二那年小麦的出现，一切都变了。

那天晚上，我独自泡在图书馆里做抛物线和方程式，在红木长方桌的对面坐着一个女孩，她靠在有窗子的位置，窗外淡淡的月光像栀子一样白净地照在她同样白皙的脸上，身上似乎发出一层柔软而微黄的光晕。她留着清爽的短发。这是我感觉唯一不协调的地方，这么美丽的女孩应该梳着乌黑的长发，一直没膝成为公主的模样。她起初不怎么看我，偶尔对视一下又匆匆撇开，她只是不断地在一本书的一张正反彩页上来回翻看，上面印着外国的照片。有翡翠色的森林、蜿蜒的河流，木质的房屋上刷着明亮而光滑的油漆，错落而有致地排列。偶尔房屋前会跑过一些鹿群，它们头上长有紫褐色的犄角，想柔软而规则的枝丫，这一切形同童话的国度。我根据之前学过的地理知识判断，这应是北欧国家的风貌。

女孩把眼睛抬起来看着我，细长的睫毛像花朵的指纹舒张开来。是北欧的挪威，在北纬59°54′、东经10°43′的地方。她笑了笑。

我十分惊讶于她竟然会读心术。你叫什么？我问。

她轻轻回答，丁小麦，一个立志要找到绿光森林的女孩。你呢？接着，女孩又对我浅浅笑着。图书馆柔白色的灯光在她脸上倾泻成一条很美的河流。

我叫苏寒。那你看过村上春树的《挪威的森林》吗？我这里有电影版的，要看吗？不知从哪里冒出的暖流不断涌上大脑，我迅速地把面前的 MP5 推到她那里，真没想到有天自己竟然可以对一个人如此殷勤。

不用了，谢谢。她淡淡地说，随即又翻起那本图文书。

我喜欢这样的女孩，单纯得仿佛来自另外一个国度。

为什么之前没见过你？

她又把头抬起来，看着我，哦，因为我有大半年没在学校了，现在刚刚回来的。

是去旅行了？

算是吧，总是在一个白色的世界里独自梦游着。

那一夜，夜小得只剩下一只耳朵，听她说话，听到自己心跳的声音。

小麦酷爱地理和旅行，梦想着能用不到八十天的时间环游一遍世界，或者用一生的时间去找一座新的岛屿，要比哥伦布还伟大。

小麦说她进的是文科班，除了自身喜欢以外，还为了想逃离过去的一段情感。她谈过恋爱，上初中时就常牵着男友的手招摇过市。他们经常在一起吃饭、散步、看电影、坐摩天轮，天天在课上互发短信，被班主任揪过很多回，她都不在乎。随后他们又很默契地考上了同一所高中，后来由于一个意想不到的事分开了。她的男友读的是理科，和我一样。小麦说是她先提出分手的，男孩很爱她，她也很爱男孩。但一些爱不是谁说了就算，被时光拉扯出的疼痛有时还得靠自己去抚慰。

你现在还爱吗？我问。

她愣了一秒，又立刻看着我，眼里是我望不见的深浅，苏寒，你是说他?

我没有回答,只是对着她,脸上不自觉地红了起来。

我躺在床上,拉过一席毯子覆盖在身体上,试图想遮掩掉被抽空的内心和肌体。世界一瞬间在黑暗中滋长出黑色的羽翼,带着浓郁的湿气弥漫在南方的暮晚中,窗外的操场、教学楼一点点退到日光的白线之外。

小麦是很怕黑的,她说在一个安静的时空里黑暗会吞掉自己的一切。她的手心常常在说到黑夜的时候会生出一层冷汗。长路上,望着无止境的稀薄烟火,她希望一切都不要在她未走完的旅途中暗下来,她要不断依附它们去寻找日夜期盼的绿光森林,直到黎明迤逦而来。那时,我常常会撮她的手心,像要撮出最温暖的火焰和亮光。我说,麦子,你一定会找到的,要记住,我也会为你去找那片森林的。她坚定地点点头,泪花很快滴到我的手心上,像颗透明的痣那样点缀,带着微热与芳香,来自女孩的花。

窗外的城市开始进入睡眠的状态。一些小排量的车子从楼下的便利店开过,有小片的水花溅起又落地的声响。那些晕散开的灯光映到室内的墙壁上,门外周晓愈加急促的喊声依旧被我忽略。

在小麦消失的这段时间,我对雨天是极其厌恶的,感觉它总是在破坏内心深处那道属于男生的坚硬防线。而在这之前,我喜欢下雨天,小麦常常会在这种节气里不知从哪里冒出来而像只小猫崽钻到我的伞下,拽着我的衬衫。一副可爱淘气的表情,像一个雨天未熟透的苹果还散发着那种青色的光。我喜欢弹她的头,然后又上瘾似的想听她骂我。苏寒,这辈子我要把你卖到南极去和企鹅结婚,然后再让企鹅新娘带你去见她的北极熊表哥。

我爱听由她小嘴里说出的泡沫似的冷笑话,沾满了我的身体,使得自己像极了雨中生长的木棉树。我也喜欢听她每天对我说的英文句 子:In life we all have an unspeakable secret ,an irreversible regret , an unreachable dream and an unforgettable love. （人的一生，都有一些说不出的秘密，挽不回的遗憾，触不到的梦想，忘不了的爱。）I want to be your favorite hello and your hardest goodbye. （我要成为你最心动的相遇，最不舍的离别。）或长或短的句子各不相同，却有同样的意思，关于爱，真实的美丽的爱。

这些爱，在时光里淋得越来越湿，淋得越来越幸福。

不知道送出的那只玩具熊是不是真的被人抱进屋了。如果淋湿的话，样子一定会变得很丑，羊还会喜欢吗？我望着窗玻璃上不断敲落的雨点，心里的情绪也变得淅淅沥沥。

这只泰迪熊是一次和小麦逃课出来闲逛时在登宁街道的一家礼品店的橱窗里看到的。小麦趴在碧蓝的玻璃外看了好久，死活也要把我拉过来一起看。她说，苏寒，我想起《暹罗之恋》里阿莹也有一只这样的玩具熊。听说只要在一只泰迪熊的肚子里放一根心爱的人的头发，再把一张写有对方名字的卡片缝进去，这样两个人的爱便是一辈子了。那时我认真地看着小麦，说，亲爱的麦子，我会在你生日时把它送给你。小麦看了一眼挂在熊耳朵上的价格牌，光滑的卡纸把灯光反射到瞳孔里。她瞬间把目光缩了回来，拍着我的肩，傻瓜走吧，别看了。我拉住她的手，麦子，我是说真的。小麦也开始认真地看着我，清澈的眸里深情若海。突然，她踮起脚尖轻轻吻了我。

那是小麦第一次吻我，也是我第一次被女生吻。事后一整天我的心脏都跳动不停，甚至不敢去看小麦。害怕这只是美好的梦境或者幻觉，一旦醒来，所有的树叶就都落了。

我没有想到这样的秋天，会来得这么快，一切伴随着爱而来的海水会退得这么快，徒留我失落地数着过去的贝壳。小麦居然和我最铁的兄弟周晓好上了，我亲眼看见他们在登宁街道上牵手、拥抱，甚至在人流中亲吻，虽然这我一直都不想承认这个事实。但它们却如洪流般袭来，将我淹没，直至最后自己的孤军退出。面对爱情这场游戏，毋庸置疑，我就是个白痴。

小麦消失了一周后，那天又重新出现在我面前。她压着低沉的嗓子说，苏寒，我们分手吧。我当时以为她只是在耍女生的小性子，便笑着摸摸她略显苍白的额头说，麦子，你发烧了吗？她没有表情，连面颊两边的红晕也没有，像张面巾纸。苏寒，我们分开吧。小麦又重复道，薄弱的身上不时在风中吹出酒精的味道。你喝酒了？为什么突然就说这个？我内心偏有点不安地问她。她轻轻回答，我没喝酒，我是认真的。苏寒，我们不适合。我真的不明白不爱一个人的时候，为什么一定要用我们不适合这样的话结尾呢，宛若一剂立竿见影的毒药。

我没回应什么，只颤颤地站在登宁街道的一头看着小麦决然离去的身影。我知道，在街道另一头的某个拐角或是某间咖啡厅里一定有周晗在等她，然后他们如释重负地拥抱亲吻，享受着恋人们所拥有的一切甜蜜。这将是我在这个秋天悲伤的起源。

麦子，为什么我还相信着你不是这样轻薄的女生？我在无限沉默的荒野里站成了一阵风。

小麦是在我带她去见周晗的时候，两个人对上了。其实，事先我就早该看出一些趋势来。比如小麦第一眼看见周晗时脸上较为惊诧的神情，比如周晗几乎不用我多作介绍便和小麦熟络起来，似乎是遇到了难得一见的朋友而并非初见那般拘谨，比如有时周晗竟然都会对我聊起小麦的饮食所好、性格特点，等等，我想应该是小麦私下里又和周晗在交往，否则他怎么这么了解这个傻姑娘。时常我都会怀疑自己是否已经处在一个中间状态，成为一座桥，两个人的绳。我承认周晗比我帅气，我比他傻气，周晗比我细心，我比他粗心。但爱情难道就不需要一个先来后到的秩序吗？这样想来，我应该要避免那次见面的，但事实是他们现在已经好上了。爱情是个不讲顺序的玩意儿，它不讲对错，只凭感觉。所以很自然的,我狼狈出局了。

我不怨好兄弟抢了自己心爱的麦子。如果离开我之后,她能找到自己的幸福,那就让她去寻找吧。我似乎所能做的也只是尽量潇洒一点地放手,在她看不见的地方默默站成一棵祝福的树,但自己绝对不是泡沫剧里那个赚取无数女生眼泪的傻瓜,我也有小心眼。所以,我决定去找小麦,向她索要堂皇的理由与更加惨烈一点的打击,这样我才会真正死心。

丁默那时站在门口,皱了皱眉,嘴角陷到非常低的位置,像一口冬日冻结的井。我说,我找小麦。他看了我一眼,目光又转到二楼小麦的阳台上,缓慢而冷淡地说,她不在。我说,小丁,你别骗我,我有很重要的话要和小麦说。丁默没理我,转身走进房内,试图关上门。我冲了上去,用力把即将合上的大门扳出一条缝隙来,我是说真的,我有一些话一定要和小麦说。丁默目光深邃地看着我,仗着比我力气大很快又把门关上,只在最后从门缝里飘出一句话,我妹妹不爱你了。门咣当了一下,声音戛然而止,像这个季节的蝉在雨里失声。冰冷渗入毛孔,抵达内脏,有那么一瞬间,我感到一种无处诉说的窒息。我在楼下站了很久,门依旧关着,阳台上的粉色窗帘隔着玻璃板安静地陈列。小麦始终没下来看我,甚至我只奢望她能站在窗帘边瞭望我一眼。

故事装在一个空盒子里,傻姑娘真的不爱我了。

麦子,今天是你的生日,我把你喜欢了很久的泰迪熊买回来了,喜欢吗?

麦子,你到底什么时候会回来,什么时候会见我,什么时候才会把缝着一根心爱男孩头发和一张写有他名字卡片的玩具熊抱到我面前?

麦子,我还要陪你去找绿光森林呢,你可别丢下我而独自前往，我会很担心的。

麦子，请你一定要记住有个男孩一直深爱着你……

——苏寒

在小麦十七岁生日的前一夜，我从抽屉里拿出一张印有寂地漫画的卡片，写了上面的话。想了想，便把末尾的句号换成了省略号，然后合上纸片并将它放到装大熊公仔的封膜里，可是心却跟着一点点凉着。我把脸低到快靠近胸膛的位置，暗夜寂静，内心的轰响却听得格外清楚。

麦子，你为什么要选择周晗？你是我的初恋，他是我的朋友。如果我们三个只是纯粹地在一起，那该多好！

在小麦和我提出分手的那天，我开始喝酒。在登宁街道的自动贩售机上刷了四五罐啤酒，在角落里喝得仿佛整个世界都要在自己的胸腔里爆炸。那一晚的风不凉，我却感觉自己的身心被丢入了很深的冰窖里，没有尽头的寒冷。

我十分怀念三个人在一起的美好时光，野马般无所顾忌地奔跑于蔚蓝天宇下，不懂得爱，也不懂得恨。那时候，丁默和他父母都不在家，小麦就打电话叫我和周晗来陪她。她不愿出远门，只想安安静静地坐在沙发上，养一只白猫，翻看世界各地的旅游图册。每次当我们到她家的时候，小麦翻着那些图片竟然睡着了，不时也流出一些唾沫星子。我嘲笑她是猫的同类，她嘟噜着说自己愿意和猫咪生活，也不和愚蠢的地球人归为一类。傻姑娘的小嘴皮子倒是蛮硬的。不过她时常也在嘴边念着我和周晗的好，她说，苏寒，很感谢你和周晗一直都这么陪着我。如果有一天，当我见不到你们了，我也会在世界的某个角落里把你们记得很清楚，一直记着。小麦泪眼汪汪，让人看了挺心疼的，我轻轻勾了勾她柔软的鼻子。傻瓜，我们一直都会在你身边的。

我和周晗一直以来都是小麦的左右护法，不管是下课、放学还是平日逛街,我们都紧紧陪在她的身边,这不禁使得她在女生中间特别孤单,因为女生们所惯有的嫉妒心理不断排斥着小麦,认为她不是姐妹,而是情敌。她们总觉得小麦抢走了理科班这个庞大队伍中仅剩的两个可以让她们在课下养眼的帅哥。为此,她们对待小麦格外的冷漠。但幸好有我跟周晗当她的太阳,这棵麦子的内心始终温暖着。

我们会在雨天为她撑伞。在令女生们头疼的雨水里,小麦十分幸福地一会儿跳到我的伞下,一会儿又蹦到周晗的伞下,像只不安分的鹿。

我们会在周末三个人凑在一起看恐怖片,《笔仙》《咒怨》《午夜凶铃》的那类。看到毛骨悚然的时候,小麦通常会大声尖叫起来,然后紧紧抱住我或者周晗,中途连上洗手间都不敢去。

我们会在晚自习上到一半时被小麦说服而爬墙出去闲逛,一路上说说笑笑,追追打打。偶尔不小心碰上校领导时,她总会装出最无辜的表情躲到我和周晗的身后,然后一边听领导如何训斥我们,一边偷偷笑出声来。

我们是三个人,却是一道影子,紧紧地贴在彼此周围,不离不弃。曾经说好某天一起出发,像凯鲁亚克一样坐上一列去未知远方的火车,说好大雨中要登上九份的山林,去遥望深山寺庙的木头高台,说好要做最好的朋友,直到永远。可到最后天涯隐去了踪迹,海角遁没于深水之中,三人两马,明日桃花。

世上没有恒定不变的爱。寂寞高悬,孤独有着白霜的颜色。

苏寒!周晗开始一边踢门一边吼着我的名字。我感觉整个房间就要和窗外的夜色一起坍陷,剧烈的晃动加深内心的不安。我很不情愿地开了门,但始终没用正脸去瞧周晗。他一时间沉默地站在原地,和我保持着两米多的距离,但目光一直贴在我的脸上。我从抽屉里取出一支烟,准备按下打火机。周晗这时冲了上来,把我推倒在了床上,打火机瞬间燃起的幽蓝色火焰,灭掉了。

你什么时候也开始抽这个了？周晗严肃地看着我。

我爬起来，瞪着他，这和你有关吗？

你他妈的！他骂完，直接给了我一拳。

巨大的疼痛在面颊的骨头上散开，我不甘示弱地也朝着他挥了两拳过去。他倒是没躲，只站着喊我的名字，苏寒，你醒醒吧！

男生浑厚的声线把窗外的夜色也压了下来，我没有管他，握紧的拳头用力地砸在他的身上。周晗突然无奈地笑出声来，什么时候我们竟然变成这样了？

我看着他，身体一下子被抽空，低低地把头埋了下来。周晗，为什么你要和我抢小麦，为什么？我可是把你当成了自己最好的兄弟，你为什么要这么做？今天是麦子的生日，我把她一直想要的东西送到她那里了，我相信麦子很快就会回头找我的。她爱我。周晗，你答应我，别再和我争这个傻姑娘了，好吗？

苏寒，你这个蠢货！你难道看不出来吗。麦子她不会回来了，永远都不会再回来了。周晗注视着我，喉部抖动着，声音渐渐单薄地摇晃起来，麦子，她，她已经死了，死了！

你浑蛋，说什么呢？你在胡说些什么？！我恶狠狠地骂着周晗，试图再上去揍他两拳，他怎么能这样说我心爱的麦子。

周晗把我挥到半空的手截住，瞳孔里郑重而哀伤的光芒让我万分不安。苏寒，其实我就是麦子以前的男朋友。麦子从小身体就不好，高一刚进来的时候，被诊断出有患白血病的趋向，那时她执意要和我分手，之后便去医院住了大半年。后来她稍微康复一点，便跟她家里人闹着要出院，没想到到校后不久便认识了你。她告诉我和你相识的日子是她人生中最快乐的一段时光。可是当麦子到医院复查的时候，她终究没能逃脱掉死亡给她提前发下的通知。在那次见面后，她私下又约我出来，让我答应假装跟她和好。麦子说她不想让你太爱她，而只要她爱着你就足够了。苏寒,麦子真的好傻,你说是吗? 她真该好好看看你现在的样子……

周晗说到最后,抑制不住地哭了起来,这是我与他结交一年来第一次见到这个男孩的眼泪。顷刻间我恍惚地感觉到自己成为黑夜的一部分,那些汹涌的潮水淹没了整个瘫软的身体。望着窗外遥远的天际,我呆呆地不知站了多久。落地的泪水成为唯一能听到的声响。

亲爱的麦子,原谅我一直都叫你傻姑娘。其实,我才是一个真正的大傻瓜。

我为什么一开始就不会问问你以前喜欢的男生是谁,为什么看到你一天天失血的脸庞和掉落的发丝心里就不会察觉到什么,为什么在你消失一周后又出现的时候不问你究竟去了哪里,为什么不能从你哥哥丁默冷漠又悲伤的眼神中看出点什么,为什么没有发现你原来是那么不喜欢白色?

亲爱的麦子,我记得你说过在北欧有一个神话,谁如果能够找到绿光森林的话,他就能够实现自己许下的愿望。你那时忧伤地看着我,说,苏寒,我怕我等不到了。那时我抱住她,还一个劲儿地说她傻。而我现在终于知道你为什么那么急切地想去找这样一片遥远的森林。

麦子,请你原谅我是这么的粗心、愚蠢,原谅我曾把你看成是那些只懂得玩感情的轻薄女孩,原谅我不能过早地知道这些,原谅我没去送你最后一程。原谅我,麦子。

麦子,你肯定不知道燕姿又出了新唱片,而且她现在已经结婚了。新专辑里面有《是时候》、《明天的记忆》、《当冬夜渐暖》这些歌曲,好听的声音一如从前。但是每晚在我入睡前听的一首歌还是你以前最爱的《绿光》:

期待着一个幸运和一个冲击

多么奇妙的际遇

翻越过前面山顶和层层白云

绿光在哪里

触电般不可思议像一个奇迹

划过我的生命里

不同于任何意义你就是绿光

如此的唯一

Greet light，I'm searching for you always

不会却步

真爱不会结束

　　麦子,你知道吗,这几天我常常又梦到了你。你在一条洁白的道路上奔跑,两旁的野花开出和你一样美丽的模样。幽昧的松火在原野上低低地吟唱,树叶潮湿而翠绿的光线吻过我们荒凉的身体。我很想叫你,却始终无法开口。你突然回过头来,风吹出一脸的音符。你的脸上挂着夏天的笑容,眼眸明亮而清澈。你这个傻姑娘还像当初一样纯真、善良,充满了对绿光森林执着的向往。

　　你又对我笑着,然后朝我挥了挥手,温柔地唤着我的名字,苏寒,再见。我被梦强行钉住了脚踝,眼睁睁看着你的背影被雾色吞噬,亲爱的麦子,再见。

　　我亲爱的麦子,就这样独自一人去了绿光森林。

　　傻姑娘什么时候才会玩腻了回来,没有人知道,包括她所爱过的苏寒。

迷路的兔子先生

一

最近的自己，经常在梦中走到一个不知名的街巷。

街道上满是盛开的玫瑰，深红、淡粉、浅黄、纯白，各种花色交织，以指尖无法触及的速度在太阳下疯长。花瓣开得愈加庞大，仿佛能包裹住世间的一切肮脏、仇恨，以及罪恶。

在街边店铺的一扇橱窗里猛地瞧见自己，黄毛圆脸，眼神天真，双手够不到店铺门口悬挂的风铃，着实吓了一跳。自己竟然回到了孩子时代。

梦的力量不可小觑。

我看见年轻时的母亲优雅地在商店之间往来穿梭。她一只手牵着父亲的手，一只手拎着大包小包的衣物或是化妆品。热恋中的两个人，甜蜜得像草莓味的阿尔卑斯黏合在一起。

我准备跑到他们跟前，但总被人群有意无意地遮挡。父母亲的背影像撕裂一般只剩下半边，后来索性消失。

第一次发现自己在梦中哭泣是件于事无补的事情。

兔子先生就是在我一个人埋头走路的时候出现的,他跟所有的兔子一样都长着白色的绒毛,眼睛里镶着两颗红宝石,耷拉着长耳朵,尾巴像一团毛球。但他又跟其他的兔子有很大的不同,他会直立行走,比我高出一个头,戴着礼帽,穿着黑色的西服打着红白相间的格子领带,手里挂着深褐色的手杖,一张金色的面具戴在脸上。

起初,我还以为自己见到的是一个参加化装舞会的绅士,使劲擦了两次眼睛之后,发觉他分明就是一只兔子,而且还是一只会说话的超级大兔子。

"小家伙,见到你很高兴!"

我一定是听错了,他竟然在跟我说话。

要知道,这可是一只兔子。

二

母亲经常抱怨,生下我可让她遭了不少罪。无论是在生理上还是心理上,她几乎都溃不成军。

曾经的母亲算是镇上少有的美人儿,扎两个麻花辫,柳叶细眉,脸带桃花,眼神澄澈无暇,嘴角之余总是流出淡然的微笑。母亲常说父亲是第一个拜倒在她石榴裙下的男人,也是唯一的一个,因为她一生只钟情于父亲这一个男人。

父亲经常坐在沙发上看报纸。当他听到母亲把往事重新拿出来翻炒时,便会把报纸搁到茶几上,然后自信满满地反驳母亲。说母亲才是第一个追他的女人,也是唯一的一个。而母亲那时只在一旁抿嘴笑着。

两个人就像小孩子。

父亲长得帅,这一点我从不怀疑,因为我的模样多半是继承了他。这个男人一直把自己定义在魅力男士的行列内,穿一身笔挺的西装或是便装,头发乌黑旺盛,皮肤和母亲一般白皙。他在一家园林设计公司做事，平日同事们无论男女都对他身上散发的男士气质一致赞叹。每每他抽出一根烟夹在两指之间，往铁青的腮帮小口吮吸时，周围的女同事便会一个劲地围观上来，男同事则在一旁干咬着牙钦羡。

父亲侃侃而谈时，目光淡定，脸色温和，似乎这都是真的。

母亲爱美人蕉甚于其他的花卉。有她在的地方总会见到美人蕉的影子，露天阳台上、走廊过道里满是这种植物的乐园。母亲栽植美人蕉的原因很简单，因为父亲喜欢。所以她一直都在悉心照料着这种植物。每天在晾完衣物后总不忘给它们喷水、除草，时而加些新土，就像在对待自己的恋人或者孩子一般无微不至，又小心翼翼。

自从生下我之后，母亲不常照镜子。她害怕看见自己日渐走形的身材、不可遏制的肥胖，一天胜比一天。她也怕某天瞧见自己繁茂的青丝里会蹿出几根白发向她问好，或是发觉眼角的鱼尾纹猛然游出来把年龄暴露在她的瞳孔里，衰老、恐惧甚至死亡，当这些灰色调的词汇错根盘结在她生命里的时候，她宁愿选择逃离。

相见不如不见。这样，起码一个女人的内心会得到某种虚假的宽恕或是慰藉，而不会徒生万千烦恼。

我对母亲怀有莫大的眷恋。不只是因为母亲会为我烧制可口的糖醋排骨或是宫爆鸡丁，也不是因为她会教我唱一些好听的渔村小调，或是为我一针一线缝补玩耍时不小心划破的衣物而不生丝毫怨气。关键的是，她会给我一间安全的小屋，里面从不黑暗、孤独，落地窗的周围都长满阳光的触角，它们拱起伤心或在流泪的我，给我温暖。

斑驳的记忆从指缝间滑过又猛地回头。印象中，父亲时常会拿着竹鞭扬过头顶，又刷地落在我裸露的皮肤上，发红的印迹像斑马线清晰可见。对待稍微犯点错的孩子，这位身材健硕的男人从不姑息，总是横眉冷对，然后大打出手。而母亲时常也会违抗她所深爱的男人，把我护在她娇弱的身后。所以幼年起，我爱母亲甚于父亲。

即便如此，母亲仍然爱着父亲甚于我。

她每回清理衣柜时，从不舍得扔掉那些再也不能穿下的连衣裙。因为这都是年轻时父亲为她所买的，她很喜欢。这些淡粉的或是纯白的连衣裙，某种意义上也可以说成是母亲留在过去的影子。每逢把它们揣在怀里，母亲便会沉思许久，我知道她正与曾经的那个少女相遇。它们跟随母亲，一路一路，走完一生。

在我上初中的那段时期，父亲的工作变得繁忙，每天都很晚回家，对母亲也甚为寡淡。家里基本上整天就只有我和母亲在餐桌上目光对视。

我低头扒饭，几乎要把整个脸贴进饭碗里。母亲眼里闪烁的寂寞总让我心中生疼，不忍触及。而母亲总是一边伸出竹筷往我的碗里夹排骨一边说："你爸晚上还会晚点回来，你看完电视去睡觉的时候记得不要把门反锁……"

那些洒落在饭粒上的橘黄汁液让人尝了，没感到是甜的，倒觉得有些许苦涩。

童话上一直重复老套的情节：王子吻了公主，公主醒了，然后他们相爱，从此过上了幸福的生活。

而我也一直在想：父亲与母亲的一辈子到底会有多远，他们漫长的沿途是否有不生锈的白昼，和不凋谢的繁花？

事实上，母亲也在时常考虑这个貌似没有答案的问题。

当她有天终于在镜子前揪出自己的第一根银发时，她是痛苦的。因为她要开始比我更加认真地思考这个问题。

也许有一天，这个问题有了难以想到的答案。

父亲和一位姓梅的女同事好上了。

这是母亲揪出自己的第十根白发时她的好姐妹送给她的意外礼物。她的姐妹叫莉香，素颜，盘着粗糙的发髻，操一口不标准的普通话。

"他们俩到过我在的那家超市买东西。那个女的真不要脸，一直把手搭在阿和的肩上吵着要买紫罗兰呢。"

"你确定……不是买美人蕉？"

"是紫罗兰，我听得很清楚。"

母亲的头有点晕，她用手揉了揉额头，尽力地压制住自己内心的悲哀与惶恐。

"丽美，你……"

最终，母亲还是瘫在冰冷的红木沙发上，神情木讷而呆滞，久未言语，无声地泪流满面。

我站在楼梯口，双手紧紧按着发凉的钢制栏杆，仿佛在按着母亲此刻的胸口。而母亲看到我之后，突然意识到了什么，又别过脸用衣角迅速拭干了眼角的潮湿，然后才看向我，一脸强笑："昨深，你莉香阿姨刚才正和妈妈开玩笑呢。夜深了，你快上楼睡吧。"

"可是……那……那妈妈你要记得门不要反锁哦。"

"嗯，知道的。妈妈还要等你爸爸一会儿呢。"

母亲说话很轻柔，总是吸引着我，让我臣服，无法违背。

之后，门开了。并不是父亲回来，而是那位送情报的阿姨宣告撤退。

临走时，她抚了抚母亲羸弱的肩膀，"我知道阿和的为人，或许只是看错了……"

大人说的话总是反复无常。

墙上的石英钟把指针精准地指在零点，母亲没有等来父亲。她一个人暗自神伤，拖着疲乏的身体走回卧室。窗外渐渐起风，一轮澄澈清月坠入云层不知所终，树影婆娑，不断有枯黄的叶子坠毁在地。

母亲突然想起平日的我总戒不掉踢被子的习惯，就勉强撑着身子摸黑到我的房间。她帮我盖好了被子后顺势便躺在我的床边，轻声细语地贴在我的耳根说了些话。因我睡得死而没被唤醒。

我只感到有一双手紧紧环绕着我,隔着略薄的被褥透进层层热气到体内,粼粼月光下显得温暖而温馨。而母亲的心应是悲凉的,她只窝藏着自己的心绪,像只受伤的幼兽躲在某个冰凉的洞穴里独自舔舐伤口,不让人轻易窥见。

自此以后,母亲一发不可收拾地走向沉默。她与父亲之间似乎隔着一片不见底的沼泽,上面长满葱郁而潮湿的苔草和阴天。

即便如此,母亲也依旧爱着那些曾经为了父亲而精心栽植的美人蕉。她会在大多数的闲暇时光里把自己盛放在搬来的老式藤椅上,闻着美人蕉似苦似甜的幽香安静地闭上眼睛,开始守着她繁茂丰盛的旧时光。

或许,母亲真的老了。

美人蕉的花期从初夏一直延续到入秋。每一天,都能听见它们开得热烈的花朵陆续掉落,噼噼啪啪,像燃尽的烟花虚无繁华。火红色的身体逐渐转变成腐烂的黑褐色,枯萎成一地寂然。

盛夏真的不在了。

三

"你叫昨深,对吗?"

这只兔子向我伸来一只长满白色毛皮的手,准确点说应该是爪子。

我站在原地面对他,迟疑地不知该伸出左手还是右手。

"要懂礼貌哦,叫我兔子先生。"它的兔唇翕动着,像两瓣又开又拢的小花,"小家伙,你看上去可不快乐。"

街巷两旁的花圃里栽满了玫瑰,像无数双小手在风中招摇,在局促空间模糊的以太里渗血般盛开,没有任何犹豫地开和落,生与死都那样的迅速,且不发出任何声响。

可惜,我愈渐泛红的眼眶里,再也找不到可以绽放一个盛夏的美人蕉了。

一片深红色的玫瑰花瓣被水雾打湿,粘在了我右手的掌心,挥之不去。花瓣细密的纹络一时间与自己的掌纹紧紧贴着,在迷蒙的以太里合并成自己身体里某个颤动的部位,它们匀称地呼吸。

于是我把右手握向了兔子先生。

它摘下礼帽,从胸前别过,然后弯下腰用湿润的小嘴唇吻了那片落在我掌心的花瓣。

我颇感唐突,猛地缩回手。

"小家伙,你真有趣。"

他把礼帽重新戴回头上,两只长耳朵从帽子的空隙里突然钻了出来。

"这里是玫瑰街,收容世界上一切迷茫、孤独、不知所措的梦。没有迷路的人是不会来到这里的……"

"那兔子先生你迷路了,是吗?"我抬头问他。

"嗯。"

他轻轻应了一声,然后拿起他深褐色的手杖指了指远处。

我的目光顺着手杖飘去。

"其实迷路的人不只是我,还有他们……"

青色的光从每个角落亮起,我什么都看不见。

四

"昨深,这一回我真的要走了……"电话那头的声音哽咽住了。

"去哪?"

"不知道。"无助的声音敲打我的耳鼓时,电话就被挂断了。

"喂……喂……"我使劲对着话筒叫喊,回复自己的是一阵空空的盲音。

一种年少滋生的孤独感，透过空气里无数漂浮的粒子黏合在皮肤上，总让我感到无所适从和忐忑不安。

腓亚是在上周末开始离家出走的。

临走前他用家里那部橘黄色拨盘式的电话拨通了我的号码。我当时挺讶然的，刚反应过来决定冲到他家里的时候，他立马挂断了电话。我很讨厌他的自私，走了自己，却把悲伤与孤寂留给了我。

他爸在那天找到了我，一副急火攻心的样子。男人想要从我漏风的口中探听到他那不争气的儿子的行踪，可惜他判断失误，因为我也一无所知。

"明天到我家来吧，腓亚留了些东西给你。"

电话那头，说话人的语气冷淡而又强制，仿佛一阵从西伯利亚而来的寒风刮过耳边，我感到不舒服。而有这种态度的也只会是腓亚的父亲。

腓亚是我平日最要好的朋友，也是唯一的一个死党。他是我刚上高中后认识的，那时我还没有同桌。

我自小喜静而不爱喧嚣的人事，所以不善与人交际，常常一个人独坐看书，看窗外的树，或是听一些慢节奏的音乐，基本上处在一种失语状态。而我也早已习惯这种沉寂的无人侵扰的状态，如同以太，真实、干净、自由，没有一丝虚假。

我时常也会对着镜子落寞地呼吸，小声地歌唱。镜子里总有一个少年，身影单薄，短发，眼神清澈，瘦削的下巴留有一颗小小的圆痣。

整个世界，仿佛只有他在看我。

整个世界，仿佛只有他能懂我。

直到某天，我翻开刚刚发下来的英语本子时，一张纸条滑落到铺着白色瓷砖的地面上，我捡起，是班主任的字迹：

"昨深，腓亚跟我说，他想坐到你的旁边，他想和你做朋友。"

我口中轻轻读了两遍，再转头看向纸条里提到的男孩，心中无尽地温暖着,像走在一座黑森林中面对忽然从树梢间射下的细碎光斑而感到欣喜。

腓亚就这样走入了我的世界。

他有着像泉水和星星一样明亮的眼神和好看的笑容,流川枫式的发型,双眼皮,手指修长,清瘦干净得像春日的一棵小花树。那树上结满晶莹剔透的水晶花,在阳光下熠熠生辉。他会讲许多好玩的冷热笑话,会画语文老师高耸的波峰和她所穿的那件豹纹裙子,会和我窝在图书馆的角落聊着卡夫卡:客观地看待自己的痛苦。

但他的骨子里还有一股韧劲,在血液里翻江倒海,使得他的父亲和老师不得不为他的这股韧劲而顿生怒火。他父亲是恨铁不成钢,老师则把他定义为不务正业的不良分子。腓亚家就俩人,父亲和他,母亲三年前过世。他父亲不常打他,但他却讨厌这个会把陌生女人带回家的男人。腓亚很少与他言语,相视时,目光里亦是透着冰冷。在外人看来,他们不像父子,像仇人。

或许这便是无声的反抗,或者内心里一直积攒的憎恨。

腓亚一直都是一个燃烧的少年,穷尽自己的火光寻找自由的皈依。他不喜欢被禁锢,被压抑,所以他自然仇视为了升学而将自己画地为牢的日子。而高中时的我们确实是一同关在笼子里奔跑的仓鼠,都奋不顾身地消耗着我们的岁月,仗着青春而有资本地认为自己能承担起这些超负荷的时光。

腓亚一直都在塑造着一个反抗者的角色,逃课、看课外读物、沉迷网游,直至后来夺走教导主任夹在两指之间的香烟,拿了他父亲压在凉席下的五张红色毛伟人,开始所谓的离家出走。

那些不曾理直气壮的事情,在他那里,一直都理直气壮。

"昨深,真的不和我……"

腓亚执意要让我加入他的大逃离计划,他的话还没有完全脱开双唇

就被我一口拒绝。

"抱歉,我……"

他一定很伤心,作为好友的我无法敷衍他的愿望。

世界上没有哪一条路适合我们逃跑,因为我们都还小。

"昨深,你很傻。"

腓亚,其实你才傻,非常傻,傻到不可理解,傻到我每每念起你的名字时都觉得你是一个笨蛋。自己走不说,偏偏还要拉上一个人。

腓亚的恋爱功力十分了得。大概只花了二十五块就买走了一个女孩的心,包括一盒山寨版的德芙巧克力、一碗蛋炒饭和十块钱的车费。那个女孩有好看的睫毛,大大的眼睛,一束马尾辫总会在有风的时候像花朵一样散开。我看过那女孩几次,她的手一直牵在腓亚那里。我很不习惯。女孩的眼中亦是有巨大的不快乐。而腓亚一直用他的标志性微笑调和着我和她的关系。

但他决定要带女孩逃离现在的生活时,我自然要说他发疯了,或是患了精神病。

"昨深,你是懦弱的,筱耳可比你勇敢多了!"

"你难道不了解她家里的情况吗?"

"了解呀,她妈就不是个正经人,和其他男人做那些事,逼死了他爸。你知道吗?筱耳从小就被那个臭女人虐待……她受够了,才同意和我逃脱这个痛苦、窒息的牢笼……不像你!"

囤积了一段时日的咸涩液体猛然决堤,我的眼圈红了。无数的蚂蚁爬过我的心脏,很难受。

是的,我不知道,表面和实质的差距,即便将全身的筋脉一根一根组接起来也无法丈量,那些深藏在多少人背后无言的苦痛。

按响腓亚家门铃的时候是夏天晚上的七点,天正黑下来,暮色四合。

裸露在无垠大地上的忧烦经过一个白昼的暴晒,该澎湃爆炸的就爆炸,还未爆炸的此刻也应泄了气,就像人的情绪。这是我选择在夜里拜访腓亚家的理由。

开门的是他的父亲,面色憔悴,眼神忧虑。

"上楼去吧,腓亚给你的东西放在上面。"男人坐到沙发上,继续点了一根烟。苍老在透明烟灰缸里升腾,加深着他的心伤。

"谢谢伯父。"我礼貌地向这位面容愈渐焦灼的男人点了下头,便径直走上楼去。

五

距离上一次见到兔子先生已经有很长一段时间了,一周、一月还是一年,或许这期间只隔了短短的一天,而内心却将其丈量成一段远距离的时空。

最近的它依旧徘徊在街巷的每个角落,依旧在迷路。而玫瑰街上的行人却日渐稀少,风声栖息在每一簇低矮的枝叶上,那些向上翻卷的小花像一种仰视,在迷离的颤抖中寻找自天空,以及逃离的翅膀,却始终无言以对。

金色面具在倾城的日光下发散出格外耀眼的光束,一种与太阳正面的对抗却使得它全身的白色绒毛成为多余的累赘。

兔子先生的心情显然不是很好,见到我时它只轻轻地点了一下头,两只长耳朵垂在帽子上,像在生日时没有收到礼物的孩子,盛满空虚和失意。

我猜,它一定是想快点找到走出玫瑰街却因此迷得更深而伤心吧。

"兔子先生!兔子先生!"

我本想安慰它,便招手示意它过来,可它还是站在离我隔了五个商店的地方,低垂着脑袋。金色面具愈渐暗淡,兔子先生像一具断线的木偶,全身只靠那把深褐色手杖得以站立。如果此时有谁从它手里抽走手杖的话,我想兔子先生一定会趴倒在这条街上,痛苦地吸纳白昼、微尘和脚印,然后它的身体会被碾成一朵红色的印花,像玫瑰街上的红玫瑰一般妖冶开放。

街道上开始出现一些穿着妖艳小丑服的女人和男人。

他们的脸上都打了很厚的白色粉底,嘴唇涂着深红色的口红。他们手握磨好的小铲子忙于从街道两旁的花圃里移出玫瑰,然后用纤白的指甲毫不留情地掰掉玫瑰的花瓣,如同撕裂一些无辜的、脆弱的魂灵。

玫瑰街要被毁掉了?

眼前这些奇怪人群的疯狂举动,在我的瞳孔里挤出恐惧的血丝。女人和男人一瞬间都举着紫罗兰和白茉莉瞄向我,面目狰狞,眼角是一层黑色烟熏,像心中的魔鬼。

"兔子先生,他们要把玫瑰街毁掉了!"

它稍稍把头抬起来,"昨深,不要慌……"

六

腓亚的房间远比我想象中的要大许多,虽然他一直说自己在这样的空间里快要窒息而亡。

每当他发些小牢骚的时候,都不忘在末尾加上一句:"昨深,我们逃吧。"然后我看着他笑了,而他浓密细长的睫毛会连眨三下。

巨大的落地窗占据了半面墙壁,窗子被打开一半,外面的天空湛蓝如昨,时而有云朵聚拢成白色的塔山,静止不动。有风穿堂而入,抖动起蓝印花的帘布,明晃晃的阳光里偶有微尘在缓慢浮动,像低处的飞翔,卑微、无力,却仍以逃离的姿态挣脱所处的环境。单人床上的白色被褥整整齐齐地叠放在床头,紧靠床边的墙壁上贴着一张超大尺寸的世界地图,腓亚的梦太过辽阔。

这样的空间,有必要逃吗?

其实，我也知道，腓亚的空间是心上的，那个狭窄的受限制的残破之处，停歇着无止境的迷茫，终究找不到皈依的航向。

在腓亚消失的日子里，我得承认自己对他的依赖丝毫不亚于一个男人对烟酒的迷恋。因为又要开始独自承受的缘故，突然之间发觉一切都不稳妥，所有的烦恼和困难仿佛都在以成倍成倍的焦距被放大，我周旋其中，形同失臂的鸟隼搁置在某棵凋零的树枝上等待风袭年华后的麻木与不堪。

不再有一个人，在我结账的时候提醒自己口袋是空的。

不再有一个人，在雨天执意撑伞并把伞倾到我这边。

不再有一个人，在我忘记带书的时候把自己的书推给我而自己甘愿受四面冷漠的敌视。

不再有一个人。

因为腓亚已经不在我身边了。

他走了一周，七天的长度，在记忆里不断滋生出形影单薄的绳索，捆绑过时光大树的无数枝丫，却终被一一松开。环顾四周行色匆匆的路人，甲、乙、丙、丁，终究找不到那一张熟悉的面孔与我相觑。

所以此刻面对他留在书桌上的这封还没有人打开的信件时，我无比珍视。

内心的波涛早已翻涌，却又不忍拆开，害怕在读完的那一刻，信纸的末尾处会写上自己最不愿见到的两个字：再见。

再见，再也不见，后会无期。

可最后，自己还是输给了内心的煎熬。

拿起白色信封，上面落着一行黑色钢笔水的字迹，干净漂亮，"致挚爱的昨深"：

昨深：

　　展信佳！

　　此刻我和筱耳正在去往远方的途中，一个曾经在地图上用手指圈了无数次的地方。你不知道，我也无法告诉你。请原谅。

　　当你读到下面的时候，我已经把你当成我的亲人了。我要把我所经历的事告诉你，虽然这些事会让人觉得潮湿，但请你不要惊讶或是感伤。

　　或许带走筱耳，你心中会有些许不舒服。你一定会说我傻得无可救药。但我宁愿自己做的是傻事，而不是错事。

　　筱耳眼中积蓄的泪水有着我们无法估计的重量。我不想这些泪水在一次次温热流出之后终因找不到停泊之处而继续流向冰冷，所以我要给她一个远方。

　　筱耳的母亲是一个阅尽风景的女人，喜欢喝白茉莉泡的茶，喜欢像有些女人收集香水那样收集生活中的艳遇。当她看见筱耳日渐长成年轻的自己时，就会时常揪着筱耳的马尾辫或是在喝水时把杯里的水泼到筱耳的脸上，"长得美今后也去勾男人吗！"筱耳恨死了这样一个用自己女儿来发泄自己迟暮情绪的母亲。

　　她一直都很想念父亲。那个懦弱的、矮小的却能够给予女儿无尽的爱的男人，一生只爱两个人。一个是筱耳的母亲，一个就是筱耳。印象中，他总会给筱耳买很多的洋娃娃、蜡笔和好看的笔记本，他总会在筱耳不快乐的时候逗她开心陪她玩。可是一年前，这个男人从公司提前回来推开卧室房门的时候，却亲眼见到自己女人和一个陌生的男人在红色"美的梦"上面疯狂。这些影像不断盘旋在筱耳父亲的脑海里，所有脉络剧烈地错乱，盘根错节。他忍受不了妻子的背叛，双手抓狂，迷失了心志冲到附近交通繁忙的柏油路上,最后以一个惨烈的死亡来发泄自己的不满。

而这样的发泄,一个人,一生仅有一次。

筱耳一直在我面前发誓,有一天一定要亲手宰了那个和她母亲疯狂的男人,不管付出什么代价。她说这句话的时候,紧紧咬着牙齿,眼睛狠命地鼓起来。仿佛周遭一切在她眼里只有极端的恨。

而那个该死的男人,其实就是我的父亲。

"腓亚,这就是我爸爸。"筱耳在合家照上为我指她父亲的时候,我已经注意到了那个站在瘦弱男人身边的女人,烫一头卷曲的长发,穿着色彩艳丽的连衣裙,领口露着苍白而性感的锁骨,错落有致。她是筱耳的母亲,也是我父亲的情人,一年前我在家里见过。

父亲每次带她来的时候都会为她殷勤沏上一杯茉莉茶,然后再一边为她点烟,一边盯着她领口那露着苍白而性感的锁骨而露出一副男人淫邪的嘴脸。

在发白的大厅灯光下,我眼前却是一片漆黑。黑暗里,只看见红色燃烧的烟头在两只兽的欲望下燃得更为猛烈。

其实,在三年前,我的母亲已经先父亲一步背叛了他们脆弱的爱情。

我的母亲是一个人叫梅兰的女人,正如我以前跟你说的,她爱紫罗兰,和那些同样爱紫罗兰的男人。而我的父亲不爱。所以母亲选择了背叛,找了一个和她共事的男人,那个男人抽烟的姿势很迷人,他说他也爱着紫罗兰。

我不反对母亲的背叛,因为这是她的自由,我尊重。但是我的父亲却不允许,并最终以一个男人的粗暴判了她的死刑。

母亲是在三年前被父亲重重地推到落地窗边，然后失足掉入了另外一个世界。

那里很遥远，有人说是地狱，但更多的人说是天堂。

昨深，你知道那个爱紫罗兰的男人吗？……

看到这里的时候，信纸从我手心抖落。

我必须承认自己也是一个胆小的人，无法鼓起勇气继续触及这些刺穿我心理底线的字迹。每个字仿佛都能抽出偏旁部首，在我的每根神经里安下火线，稍稍一碰便会引爆全身。我哽咽地说不出话来，心若悬空，而手指更是颤抖得不知所措。

我捡起信纸，重新把它装回信封，揣在手中匆忙地跑下楼。不经意间竟撞到了楼梯的扶手、大厅圆桌以及沙发，但这些相撞产生的肉体之疼远不如自己内心的疼痛。我跟跄地来到大门边，准备开门。

"昨深，你知道腓亚……"

男人从沙发上起身，焦急地向我走来。

"我不知道！不知道！"

我一只手抓着头发，一只手迅速拧开门把，疯了般冲向黑暗，没有回头。

身后的那扇门，被用力地甩上，在漫无边际的夜晚里，恰若惊雷。

七

梦里我依旧站在玫瑰街某个店铺的屋檐下，面对着一个虚幻的世界而望着自己脚下的小鞋。

玫瑰街的尽头有一面大笨钟，发出一种煮水的声音。时间那样短，又那样长。

最近街巷里的玫瑰越来越少，大雾却越来越大。或许这是玫瑰的眼泪,纷飞成潮湿的羽翼氤氲天地,以表示一种眷恋和痛苦。雾里是一片狭窄到压抑的空间,就像腓亚描述的那样令人窒息。有人出现,然后消失,又出现,却没有人说话。那些穿着小丑服的魔鬼在以庞大的数量增加,他们表情怪异,疯狂采摘着玫瑰,然后扔掉,接着又种上大片大片的紫罗兰和白茉莉。

我的内心很不安。

最近的兔子先生,看起来更为落寞。

它的金色面具渐渐没有了光芒,铁锈一点一点在上面蔓延开来,成为盛大而陈旧的伤口。

"兔子先生!兔子先生!"

我又一次亲昵地向他招手。我明白自己有多么在乎它,就像在乎腓亚一样。因为在看不见出口与入口的玫瑰街,只有它能和自己说话。

兔子先生拄着深褐色手杖慢慢走来,穿小丑服的女人和男人故意挤他,撞他。这使得它的步子变得更加缓慢。玫瑰街上空飞翔的鸟群穿梭在云缝中而投下的束形光线,刺穿了弥漫的大雾,渐渐浮现的是一个苍白的身影。

"小家伙,真高兴又见到你。"

"兔子先生,玫瑰街快消失了,你还没找到出口吗?"

"快找到了……但或许又都找不到了。"

兔子先生揉了揉额头,然后把自己的两只长耳朵拉了下来,紧紧贴在金色面具生锈的伤口上,像一个失败的人对自己最后的保护。绝望、懦弱,又无可奈何。

刚刚被光束划开的大雾又聚合起来。穿小丑服的人群,骨头在剧烈地拔节,喉管发出一阵竭力的嘶喊,面目狰狞。

玫瑰街像一座黑森林,滔天翻滚的气浪,仿佛世界末日般的黑暗。

八

莉香阿姨再次出现在我家时，是我拿到腓亚留下的那封信的第三天。白昼，云淡风轻，阳光从窗外射进来，流过指尖。

母亲倒了杯绿茶放到她姐妹的跟前。这个女人已经不是三年前来我家时的那副超市阿姨的装扮了，她脸上化了很浓的妆，金卷发，一只手总是不时拨弄着挂在胸前的银项链。我差点都认不出她了，但她说话的腔调似乎一直没做多大改变，刚一开口就暴露了她的从前。

"丽美，再过一两天，我就要去加拿大了，临走前来看看你。"

"看来老祥在外面打拼得不错。这下你也可以和孩子一起出去享享福，可苦了大半辈子了。"

"唉，像我们这样的女人哪会有享福的命，在外面也得继续受苦呀，呵呵……对了丽美，一直忘了跟你说了，那个姓梅的女人在三年前摔下楼死了。我看那天准是我看花了，阿和是不会做那种事的。"

母亲押在眉间三年的愁云仿佛一瞬间被解开，整个走形的身体更加松弛地躺在沙发上。过了半会儿，她才缓过神来看着这个曾经为自己送来伤心情报的好姐妹。

"莉香，一家人在外面都要好好地过日子呵。"

"丽美，你也是。多保重哦。"

女人把双手轻轻按在母亲的大腿上，眼中滑过一丝不舍。

此后母亲面对父亲，紧闭的情感又开始开放。

每日她又会在浆洗好衣物后更加疼爱地为美人蕉浇水，除草，施些肥料。又会从柜子里拿出自己再也无法穿下的裙子，放在怀里甜甜地笑着。又会在每晚嘱咐我一句："昨深，你爸会晚点回来，你看完电视去睡觉的时候记得不要把门反锁。"

仿佛这样的时光一直都在，只是被一场压抑的梦雪藏了三年。

或许,欺骗是最好的自我催眠。

父亲平日忙于工作,向来与我不苟言笑。最有父爱的一次是他替外出的母亲开车到学校,给我送伞。除此之外,他在我心里一直是一道黑影,冷冷的,寒风一般刮过我的五脏六腑。

我对他存在着恐惧和莫大的怨恨,不只是他操出竹鞭打我时的冷漠无情,重要的是他背叛了一个深爱他的女人,一个把自己全部青春与自由全都无悔献出的女人。

腓亚离家出走一个月了,他留给我的信自从上次在他家读了一半后一直被我放在抽屉里。每当想起那封信,我就加深了对父亲的怨恨。

"昨深,你一定很恨爸爸吧。"

当他终于累倒躺在病床上的时候,竟然破天荒地把我叫到身旁。他用憔悴发黄的手握住我想要挣脱的手,泛白的龟裂双唇微弱地吐出几个字。白色的床单几乎要把他吞噬,只露出一个头,日渐枯黄。他眼里露出男人少有的湿润与温情。在苏打水弥漫的房间里制造了一种令人潸然泪下的氛围。

父亲得的是白血病。

起初流了很多鲜红的鼻血,他不以为然,只说是上了火,就吩咐母亲买些下火的中草药煎服便可了事。这样拖了大半年,血液不断从他的鼻孔里汩汩地涌出,他引以为豪的乌黑秀发也逐渐掉光。母亲预感不妙,便硬拉父亲辗转了镇上的好几家医院。

验血报告下来的那一天,父亲被判了死刑。那一天,他连续抽了好几包的白色中南海。母亲哭花了脸,她紧紧拉住医生的衣角不放。

"已经到晚期了。"

医生双手抄在白大褂的口袋里,摇了摇头。

父亲住进医院后,母亲害怕他随时会走,便每天拉着放学的我匆匆忙忙跑到病房里去看父亲。而父亲总是翻身侧着看向摆在窗沿的几盆美人蕉和紫罗兰，那是母亲不久前弄来的。

随后他又躺在床的最里面，对着墙壁，始终无语，像不愿面对一些人世。

人总是在将死之时弥留之际才开始审视自己的过去，悔悟曾经做错的事。耻辱、悔恨、救赎各自找到了寄生的地方，对谁都公平。

这世上终究找不到不曾犯错的完人。

母亲把炖好的鸡汤用保温壶盛着放到床边，接着从木架上取下一条毛巾在脸盆里搓洗两三下后，轻轻地抚着父亲枯槁的脸。多少年前，这个看似正经的男人还引诱了一个深爱紫罗兰的女人为之疯狂。可怜的女人为此付出死的代价。此刻，他也已离死亡不远。

母亲把被单掀开一角，又用毛巾擦拭着父亲的手臂。那些胳膊，布满密密麻麻的针眼，骨瘦如柴。之后，母亲端好脸盆，神情忧伤地向病房外走去。

"爸爸，你真的做错了。不仅伤害了妈妈和我，还伤害了腓亚和筱耳。你知道吗？腓亚可是我最好的朋友，他的母亲就是梅……"

看着父亲躺在病床上消沉的身影，胸中突然有股力量强烈地压制住自己要说出的一个名字。

"梅？梅兰！"

父亲怔住了，脸上突现的神情比刚才母亲的还要忧伤。他替我说出了那个死去女人的名字。

"一切……一切都太迟了，爸爸！"

装在大罐葡萄糖液注射瓶中的一滴液体还没来得及向针管的尽头滑落，另一滴就被带入深不可测的谷底。

死亡以伟大的姿势起动时光的巨轮，乘载或大或小的罪恶远赴天堂，或者炼狱。

父亲不再说话，他的沉默跟他一起睡去。或许，这便是一个人最好的忏悔。

母亲在父亲过世后，更加疯狂地照料着那些养在二楼阳台上、走廊过道里的美人蕉，以及刚刚种下的紫罗兰，不停为它们浇水，除草，施肥，加新土，像在徒劳挽留住一些已经无法重现的人和事。

我每逢看到她在回忆里度日，恍若有一根细微尖刻的针刺，扎入我的神经而渗出无止境的疼痛。

"昨深，原来你爸除了美人蕉还喜欢紫罗兰呢。在医院的时候，他就让我把这两种花放在床边供他观赏，你说你爸是不是挺有情调的……"

母亲咯咯地笑着，悲伤与幸福夹杂的脸庞上透露出一种诡异的表情，神经分兮。

"妈妈！你醒醒好吗？爸爸不在了，不在了！他不只爱你，他还爱着另外一个女人。那个女人喜欢紫罗兰，她叫梅兰，是爸爸的同事，也是我朋友腓亚的妈妈，三年前死去的那个！"

世界仿佛一瞬之间被抽走了所有的声音，只剩下男孩凹陷颤动的嘴唇，以及女人裸露在白昼底下的一脸惊恐。

"昨深！你在胡说什么？"

"我没胡说！"

"昨深！"

我抹着眼泪跑上了三楼，母亲渐渐成为我身后失落的背影。我知道，她很伤心。

明白真相的人，往往比沉溺在谎言中的人，伤心欲绝。

母亲失声痛哭，整个眼球泛着血红色，眼泪像盛夏里憋了很久的骤雨，停不下来。她推开眼前所有的花盆，包括她曾经为一个男人所痴恋的美人蕉和刚刚种下的紫罗兰，像推翻做了许久本该清醒的梦。

厨房响起水壶的悲鸣。

我从抽屉里取出那封还没读完的信件，翻开，又见到了腓亚干净漂亮的字迹：

·············

昨深，其实那个爱紫罗兰的男人就是你的父亲。

曾经我在某个夜晚透过那扇落地窗看到他开车送我母亲回来并吻了她。那天下雨，我又看到他为你送伞。我想了解有关这男人的一切，所以就跟班主任说要坐到你旁边，和你做朋友。

起初我想过要报复你父亲，可是后来遇到了筱耳，才发觉我们都只是一群无辜的孩子。还记得以前我和你聊起卡夫卡的那句话吗？

"客观地看待自己的痛苦。"

那些大人们犯下的过错，为什么要让我们承担？

所以，我放弃了心中的念头。

我只想我们能做一对最好的朋友。

请你原谅。

当你读到这封信的时候，如果也想和我们一起逃离这个大人的世界，请拨打我的号码，或许我和筱耳还未走远。

昨深，你真的很好。和你做朋友，我感到幸运。

正在寻找远方的腓亚

×年×月×日

我深吸了一口气，憋在胸口，努力抑制住从脸上倾泻而下的大雨。

随后，我拿出手机，按下了本应在一个月前就该拨打的号码。

"对不起，你所拨打的用户不在服务区内……"

我彻底输给了泪水。

九

再次见到兔子先生的时候，玫瑰街已经消失。那些店铺、穿小丑服的女人和男人、紫罗兰以及白茉莉，也都不见了。

或许，世界原本便是一片空白。没有花花绿绿，没有复杂的人事。一切安详，如泛白的天空和大地。

"兔子先生，我的朋友都走了，我好寂寞。你找到出口了吗？"

"再也找不到了。昨深，我要和你在一起。"

兔子先生站在朦胧的雾气中看着我，手里握着最后一朵玫瑰花，深红，像最浓烈的爱。

我飞奔过去，用自己在梦中还是孩子的身体紧紧拥抱着兔子先生，感动的泪花碎成一地璀璨的水晶。

"昨深，一直苦苦想要寻找的出口，其实只是成长路上的未知。"

它嘴角上扬，温柔地看着我，眼睛里发出似曾相识的光芒。

我像是独自面对镜子时，看见镜中的那个人。

"兔子先生，你究竟是谁？"我抬起头问它。

它伸出长满白色绒毛的手把玫瑰花轻轻放到了我的手心，然后缓缓地摘掉脸上的那张金色面具，微笑着。

眼神清澈，腮帮干净，瘦削的下巴留有一颗小小的圆痣。

我不敢相信。

原来兔子先生就是我自己。

原来迷路的一直是我自己。

有路无路都已不再重要，成长的出口原本便是未知。

"昨深，成长的路上，你总会长大。总有一天你会找到自己的出口，真的，你会找到。"